KB196066

이야기를 파는 양과자점 달과 나

**달콤상큼
한 스푼의 마법**

노무라 미즈키 장편소설

이야기를 파는 양과자점 달과 나

 ①
달콤상큼
한 스푼의 마법

이은혜 옮김

알토북스

차례

새콤달콤한 옷을 입은
촉촉하고 상큼한 보름달
'위크엔드'

주택가 사이 태연하게 자리 잡은 양과자점. 그곳에 가면 멋진 스토리텔러와 아름다운 파티시에를 만날 수 있다.

'아, 피곤해. 그만두고 싶어.'

오카노 나나코는 온종일 쏘인 에어컨 냉기 탓에 다리가 퉁퉁 붓고 몸이 무거웠다. 퇴근길, 그녀는 무거운 다리를 질질 끌며 노을이 내려앉은 육교 위를 걸었다.

올해로 서른셋이 된 나나코는 공간을 대여하는 렌탈룸 회사에서 일하고 있다. 정규직이 아니라 시간제 아르바이트다. 하지만 그곳에서 일한 지도 올해로 벌써 10년째다. 나나코가 대학을 졸

업하던 해는 불경기로 어느 회사나 다 사정이 어려워 취업이 쉽지
않았다.

처음에는 정규직 일자리를 구할 때까지만 일할 생각이었다. 그
런데 한 달이 두 달이 되고 두 달이 일 년이 되면서 자연스레 눌러
앉아 버렸다. 스스로 생각해도 한심하기 짝이 없는 일이었다. 그
러니 애사심 따위는 티끌만큼도 없다. 그런데 오늘은 진상 고객까
지 응대하느라 완전히 녹초가 됐다.

고객은 계속 차단기가 내려가는 바람에 애써 준비한 파티가 엉
망이 됐다며 대여료를 돌려 달라고 억지를 부렸다. 그런데 원인을
하나하나 따져 보니 애당초 고객이 정해진 전력량을 초과하는 음
향기기를 반입했던 거다. 그러니 차단기가 안 내려가고 배길까….
기가 차서 말이 안 나왔다.

분명히 입실 전 사용 가능한 전력량이 표시되어 있었다고 친절
히 설명했다. 하지만 차단기가 내려갈 수 있다는 설명은 듣지 못
했다, 태도가 불친절하다, 업무 태만까지 들먹이면서 고객은 퇴근
시간 직전까지 전화를 붙들고 불만을 끝도 없이 늘어놓았다. 결국
당신이랑은 말이 안 통하니까 윗사람을 바꾸라는 고함으로 끝이
났다. 정말 다 때려치우고 싶었다.

금요일인데 약속도 없다. 예쁜 카페에 가서 차를 즐길 여유나
쇼핑을 즐길 기력도 남아 있지 않았다. 애당초 그런 사치를 부릴
돈도 없지만….

대도시에서 하는 아르바이트라 수입은 그럭저럭 안정적이지만 또래 정규직과 비교하면 연봉은 하늘과 땅 차이다. 성과금이나 주거비 지원도 없다.

'이직할까….'

오늘 같은 일이 있을 때마다 매번 드는 생각이다. 하지만 솔직히 할 수 있었으면 벌써 했을 것이다. 자격증 하나 없고 변변한 특기도 없는 30대 미혼녀 나나코를 기업에서 채용해 줄 가능성은 희박했다.

'그냥 결혼이나 해 버려…?'

생각은 늘 똑같은 망상으로 흘러간다. 하지만 남자친구조차 그저 그런 실력으로 일하는 프리랜서 디자이너다. 미래에 대한 희망 같은 건 조금도 품을 수 없는 그저 그런 남자. 그와 결혼하려면 그가 돈 한 푼 제대로 벌지 못해도 자신이 먹여 살리겠다는 각오가 서야 했다.

게다가 일이 불규칙해서 시간이 맞지 않을 때도 많았다. 벌써 안 만난 지 한 달이 넘었는데 딱히 연락도 없다.

이쯤 되니 이미 남자친구라고 말하기에도 주춤해진다.

'아…, 저녁 만들기도 귀찮다. 뭐라도 사갈까?'

문득 근처에서 본 케이크 가게가 생각났다.

주택가 한구석에 조용히 자리한, 절대 손님이 많을 리 없는 초라한 가게였다. 몇 번이나 그 앞을 지나치면서도 케이크 가게가 있다는 사실조차 몰랐을 만큼 존재감이 없던 곳이다.

우연히 발견하고 호기심에 들어가 봤는데 아니나 다를까 지극히 평범한 갈색 과자들만 무미건조하게 진열되어 있었다.

나나코가 가게 안으로 들어가자 안에서 한 여자가 머뭇거리며 나타났던 걸 보면 안쪽이 주방인 모양이었다. 여자는 길렀다기보다는 자란 것 같은 검은 머리를 하나로 모아 고무줄로 묶고 테가 두꺼운 검은 안경을 쓰고 있었다. 입고 있는 셰프복은 구깃구깃한데다 지저분했다.

구부정하게 어깨를 구부린 채 고개를 떨구고 있는 모습이⋯ 뭐랄까, 세상의 불운을 혼자 다 짊어진 사람 같달까⋯? 음침하고 어두운 기운을 풍기는 그 여자가 혼자서 빵도 만들고 판매도 하는 모양이었다.

손님이 거의 없을 테니 혼자서도 충분하겠다고 생각했다. 하지만 아무리 봐도 접객 업무가 적성에 맞아 보이지는 않았다. "어서오세요."라고 건네는 인사조차 가늘어 제대로 들리지도 않았으니까. 빵을 고르는 동안 인형처럼 가만히 서서 눈을 내리깔고 간간이 흘끔거리는 모습도 기분 나빴다.

그대로 나가 버리고 싶었지만 그것도 여의찮은 분위기여서 어쩔 수 없이 파운드케이크 한 조각과 밤 타르트를 샀다.

하지만 의외로 둘 다 맛은 나쁘지 않았다. 언뜻 보기에는 좀 탄 것 같아 별로일 듯싶었는데 막상 먹어 보니 어딘지 소박하고 친근

한 맛이었다.

'어? 맛있네.'

그래도 역시 너무 평범하기는 했다.

그때는 가격도 저렴해서 다음에 또 들러 봐야겠다고 생각했었다. 하지만 꺼림칙했던 점원과 음침했던 가게 분위기, 화려함이라고는 티끌만큼도 없던 갈색 쇼케이스를 떠올리면 딱히 다시 찾을 이유가 없었다.

그곳에 가면 왠지 자신까지 불행해질 것 같았으니까….

'오늘은 여기서 더 불행해질 수도 없을 것 같고, 오랜만에 한 번 가 볼까?'

주말을 앞둔 금요일 저녁이다. 별 볼 일 없던 그 케이크 가게라면 아직 빵이 남아 있을 듯싶었다. 그리고….

'초라한 나한테는 멋진 정규직 여성들이 인스타에 올리는 예쁘고 화려한 고급 케이크보다 평범하기 그지없는 갈색 과자가 더 어울리지.'

나나코는 그렇게 자신을 깎아내리며 케이크 가게가 있던 방향으로 걸었다.

'그런데 가게 이름이 뭐였더라? 케이크 가게답지 않은 이상한 이름이었는데….'

고개를 두리번거리는데 시원한 바다색 바탕에 레몬색 동그라미가 그려진 입간판이 나나코의 시선을 붙잡았다.

스토리텔러가 있는 양과자점

'달과 나'

이쪽으로 오세요.

'어?'

나나코 발이 우뚝 멈췄다.

간판에 그려진 화살표가 초라하고 허름했던 케이크 가게 쪽을 가리키고 있었다.

'달과 나? 맞아! 분명 그 이름이었어!'

'그런데 이런 간판이 있었던가?'

'스토리텔러는 또 뭐지?'

'옛날, 옛날 아주 먼 옛날에… 이런 이야기를 해 주는 사람? 케이크 가게에 왜 그런 사람이 있지?'

'트렌디한 이 간판의 분위기는 딱 인스타하는 여자들 취향이잖아. 그 초라한 가게와는 도무지 어울리지 않잖아. 리뉴얼이라도 했나?'

'아니면 가게 이름은 그대로지만 다른 가게로 바뀐 건가?'

'세상 불행을 혼자 짊어진 것처럼 음침했던 그 여자랑 지극히 평범했던 갈색 쇼케이스는 외관을 조금 손본다고 해결될 수준이 아니었는데….'

나나코는 간판을 보며 여러 생각을 했다. 그리고 여기까지 왔으니 일단 가 보자는 생각에 다시 걸음을 옮겼다.

잠시 후 그녀의 앞에 맑은 하늘색 벽이 나타났다. 주택가 한구석에 파묻혀 보이지도 않았던 초라한 가게가 아니었다.

보름달처럼 둥근 레몬색 명패가 걸려 있고, 명패에는 '달과 나'라는 파란색 글자가 멋들어지게 새겨져 있었다. 그 보잘것없던 가게는 어디로 갔나 싶어 조금 혼란스러웠다. 나나코는 일단 깨끗하게 닦인 유리문을 열고 가게 안으로 들어갔다.

들어서자마자 중저음의 매력적인 목소리가 귓가에 울렸다.

"어서 오세요. 스토리텔러가 있는 양과자점입니다."

'헉!'

놀란 나나코는 순간 주춤했다.

검은색 연미복을 입은 키 큰 남자가 앞에 서 있었다. 나이는 서른 살 전후로 보였고 검은 머리를 깔끔하게 뒤로 넘긴 올백 스타일에 이목구비가 뚜렷했다.

'잘생겼다! 집사 콘셉트인가?'

"편하게 보시고 마음에 드시는 제품이 있으시면 언제든 말씀해 주세요."

그가 기품 있는 태도로 정중히 고개를 숙였다. 나나코는 한층 더 당혹스러워졌다.

"저기… 그게… 여기 케이크 가게였죠?"

"네, 지금도 양과자를 판매하고 있습니다."

그녀는 재빨리 가게 안을 둘러봤다. 전에 왔을 때는 평범한 갈색 케이크로 채워져 있던 낡은 쇼케이스는 보석상처럼 위에서 내려다볼 수 있는 형태의 쇼케이스로 바뀌어 있었다. 안에는 홀케이크 한 개와 작은 케이크 두 개가 마치 귀한 미술품이라도 되는 듯 전시돼 있었다. 눈부실 만큼 화려한 케이크는 심지어 갈색도 아니었다.

"그러니까 저기… 집사 카페로 바뀐 건가요?"

"그럴 리가요. 저는 집사가 아닙니다. 이곳의 판매를 담당하는 직원이자 스토리텔러입니다."

"스토리텔러요? 스토리텔러가 여기서 무슨 일을 하죠?"

혼란스러운 표정으로 대뜸 물으니 그가 정중하게 대답했다.

"상품 설명과 상품에 관한 이야기를 들려 드리며 고객님의 구매를 돕고 있습니다."

"이야기…요?"

"그렇습니다. 저희 가게에서는 달콤한 과자와 함께 이야기를 가져가실 수 있습니다."

"이야기를 가지고 간다고요?"

"네, 이쪽 쇼케이스를 봐 주시겠습니까? 대단히 죄송합니다만, 오늘은 고객님들이 많이 찾아 주셔서 견본으로 내놓은 상품밖에 남아 있지 않습니다. 우선 초승달 모양을 한 이 케이크는 '무랑그 샹티Meringue Chantilly'를 응용해 만든 제품입니다."

그가 긴 손가락을 들어 가리킨 쪽에 초승달 모양의 하얀 케이크가 있었다. 이름은 '무랑그 샹티 레몬'이다.

"바삭하게 부서지는 가벼운 머랭Meringue 쿠키 사이에 잘게 다진 레몬필을 섞은 생크림을 듬뿍 넣었습니다. 달콤한 머랭 쿠키와 상큼한 크림이 완벽하게 어우러져 드시면 우아해지는 기분을 느낄 수 있는 제품이죠."

"맛있겠네요."

이름과 모양만으로는 어떤 케이크인지 알 수 없었는데 설명을 들으니 머랭 쿠키의 바삭한 식감과 레몬필의 상큼함이 느껴지는 듯했다.

진짜 귀족 부인이라도 된 기분이다.

"다음으로 반달 모양의 이 제품은 '타르트 오 시트롱Tarte au Citron'입니다."

끝을 살짝 태운 둥근 크림이 동글동글 하나씩 올려진 귀여운 케이크였다.

"저희 가게에서는 부드럽게 부서지는 얇은 파트 수크레Pâte sucrée(파이 반죽)에 아몬드 크림을 얹어 구운 다음, 그 위에 산미가 강한 새콤한 레몬 크림을 올렸습니다. 부드럽고 가벼운 무설탕 머랭을 둥글게 짜 올리고 토치로 끝을 살짝 구웠죠. 강한 산미와 달콤한 아몬드 크림이 서로의 맛을 한층 끌어올리고 무설탕 머랭이 두 가지 맛을 감싸줍니다. 무랑그 샹티의 바삭한 머랭과 이 제품의 구름처럼 폭신한 머랭의 식감을 비교하시면 더욱 흥미로우실 겁니다."

"으…. 이것도 맛있겠네요."

나나코는 레몬의 진하고 새콤한 산미가 입안에 가득 퍼지는 듯해서 저절로 침이 고였다.

"마지막은 저희 가게 비장의 카드입니다."

점원은 지름이 20센티미터쯤 되어 보이는 둥근 홀케이크를 가리켰다. 하얀 설탕 옷을 입은 홀케이크는 셋 중에 가장 단순한 모양이었다.

"보름달을 표현한 이 케이크는 '위크엔드Weekend'라고 합니다. 촉촉하게 구운 소박한 버터케이크를 '글라스 아 로Glace a l'eau'라는 새콤달콤한 레몬 풍미의 얇은 설탕 옷으로 코팅했죠. 입에 넣는 순간 설탕 옷을 품은 레몬의 새콤한 산미와 상큼한 향이 퍼지면서 와삭하고 가볍게 부서지는 식감이 매력적인 제품입니다. 저희 가게 스페셜 메뉴로 자신 있게 추천하는 상품이기도 하죠."

'스페셜 메뉴!'

매력적인 목소리를 타고 흘러나온 그 단어가 마치 마법의 주문처럼 들려 가슴이 콩닥 뛰었다.

"그래도 이건 너무 큰데…."

나나코가 고민하자 그가 싱긋 웃으며 설명을 덧붙였다.

"고객님, 이 제품은 일주일 정도 두고 드실 수 있습니다. 3일째부터는 더 촉촉해지고 맛이 깊어져 색다른 맛을 즐기실 수 있을 겁니다. 그리고 위크엔드에는 소중한 사람과 주말에 함께 나누어 먹는 케이크라는 의미가 담겨 있습니다."

"주말에 소중한 사람과…요?"

"네. 마침 오늘이 금요일이니 고객님께서 구매하시기에 안성맞춤인 제품이죠."

소중한 사람과 주말에 함께 나누어 먹는 새콤달콤한 레몬 케이크라니 참 멋진 표현이었다.

그 상대가 우아한 미소를 띠고 있는 이 남자처럼 잘생겼다면 함께 있는 곳, 거기가 바로 천국일 것이다.

잠시 황홀한 상상에 빠졌던 나나코는 금세 현실로 돌아왔다.

"하하, 멋지네요. 그런데 저는 혼자 살아서 같이 먹을 상대가 없어요."

정확히 말하면 남자친구가 있기는 하지만 한 달이나 감감무소식이니 없는 거나 마찬가지였다. 어쩌면 이미 남자친구가 아닐지도 모르고.

순간 저릿한 감각이 심장을 스쳤다.

'하여간 이놈의 입이 방정이야.'라며 후회하고 있는데 점원이 상냥한 목소리로 말을 이었다.

"그렇다면 이 케이크를 고객님께 꼭 추천해 드려야겠네요. 저희 가게의 위크엔드에는 소중한 사람을 부르는 마법의 힘이 깃들어 있거든요."

"마, 마법…이요?"

갑자기 판타지 소설에나 나올 법한 단어의 등장에 나나코는 황당함을 감추지 못했다.

하지만 황당한 소리도 집사 복장의 남자에게 들으니 조금은 솔깃했다.

까만 눈동자로 그녀를 바라보던 집사가 노래하듯 천천히 이야기를 시작했다. 나직하게 울리는 매혹적인 목소리로 마치 주문을 외우듯이.

"이건 달이 들려준 이야기입니다."

잔잔하게 시작하는 이야기 때문일까…? 나나코는 버터와 구운 설탕, 진한 레몬 향이 가득한 가게에서 현실을 벗어나 동화 나라 속으로 빨려 들어가는 기분이 들었다. 오로지 마법사의 목소리만이 귓가에 울렸다.

"자기 일에 한계를 느끼고 답답해하던 한 여자가 있었습니다."

나나코는 순간 제 마음을 들킨 것 같아 흠칫 놀랐다.

"그녀는 자신을 아주 작고 힘없고 가치 없는 존재라고 생각했죠. 무슨 일을 하든 잘될 리가 없다는 무력감에 사로잡혀 있었습니다. 이대로 하던 일을 계속해도 괜찮을지 늘 고민이었습니다."

'이건 내 이야기잖아?'

하지만 이 남자가 자신에 대해 알 리 없었다. 그러니 분명 다른 누군가의 이야기겠지만 나나코는 심장이 쿵 내려앉으며 서서히 남자의 이야기에 빠져들었다.

"내가 일을 그만둬도 누구 하나 아쉬워하지 않을 거야. 하지만 그건 일을 계속해도 똑같겠지? 내가 하는 일에는 아무도 관심이 없으니까. 어쩌면 나는 이 세상에 필요 없는 존재일지 몰라. 그런 생각에 파묻혀 있던 그녀는 늘 외롭고 쓸쓸했습니다."

나나코는 어느새 남자의 이야기에 푹 빠져 있었다.

'맞아. 나도 그래. 내가 회사를 그만둬도 곤란해할 사람은 아무도 없어. 아무도 나 같은 건 신경 쓰지 않으니까. 남자친구조차 한 달이나 연락이 없는걸…'

"그러던 어느 날 절망한 여자는 한밤중에 혼자 자전거를 몰고 밖으로 나왔습니다. 딱히 갈 곳이 없었지만 깜깜한 길을 따라 페달을 밟고 또 밟으면서 계속 달렸죠."

언젠가 나나코도 차라리 어디론가 사라져 버리고 싶다고 생각했던 적이 있었다. 이곳이 아닌 다른 곳에서라면 다시 시작할 수 있을지도 모른다는 막연한 기대를 품었다. 그와 동시에 외로움과 초라한 기분, 살면서 포기했던 것들에 대한 후회로부터 도망치고 싶었다.

"하지만 아무리 달려도 그녀를 괴롭히는 고독과 초조한 마음은 사라지지 않았습니다. 칠흑 같은 밤의 어둠이 그녀를 덮었고 그 안에서 녹아 없어질 듯한 공포를 느꼈지요. 그렇지만 그녀는 멈추지 않고 계속 달렸습니다. 시간이 지나 하늘이 하얗게 밝아 올 때쯤에는 다리가 퉁퉁 붓고 숨은 턱 끝까지 차서 괴로웠습니다. 머리는 몽롱했고 더는 페달을 밟을 힘조차 남아 있지 않았죠. 그제야 주위를 둘러본 그녀는 자신이 처음 보는 장소에 와 있다는 사실을 깨달았습니다. 하지만 달라진 건 아무것도 없었죠. 그녀는 여전히 무력했고 외로웠습니다."

나나코의 가슴도 차갑게 식어갔다.

아무리 멀리 도망쳐도 결국 아무것도 달라지지 않는다. 이것은 너무나 잔인한 현실이었다.

"그때 누군가가 다정히 속삭이는 소리가 들려 뒤를 돌아봤죠."

남자가 목소리를 살짝 낮췄다. 그리고 온화하고 다정한 목소리로 이야기 속 여자가 무엇을 보았는지 전해 주었다.

"그녀의 뒤에는 하얗게 밝아 오는 하늘과 그 안에서 점차 빛을 잃고 사라져 가는 둥근 달이 있었습니다."

나나코의 머릿속에 금방이라도 사라져 버릴 듯 희미해진 달이 걸려 있는 밤하늘이 그려졌다.

남자의 목소리가 다정했기 때문일까? 그 풍경 또한 한없이 다정하고 따스했다. 어딘지 후련하기도 했고.

"그녀는 깨달았습니다. 자기 뒤에는 계속 달이 있었다는 것을. 오늘 밤만이 아니라 항상…. 낮에도 말이죠. 달은 햇빛이나 구름에 가려져서 우리 눈에 보이지 않을 때도 있지만, 낮이든 밤이든 변함없이 언제나 지구 옆을 지키고 있습니다."

나나코는 자신도 모르게 남자의 말에 맞장구쳤다.

"맞아요. 달은 보이지 않아도 늘 같은 자리에서 지구에 사는 우리를 지켜보고 있죠."

남자는 고개를 살짝 끄덕였다. 그리고 이야기의 뒤를 이었다.

"그녀의 얼굴에… 뺨에… 입술에 미소가 떠올랐습니다. 그녀는 이제 윤곽밖에 남지 않은 달을 향해 웃으며 말했죠. 그랬구나. '네가 나를 지켜봐 주고 있었어.'라고 말이죠."

남자는 말을 잠시 끊더니 숨을 깊이 들이마시고 천천히 말했다.

"그녀는 더 이상 외롭지 않았습니다."

일렁이던 나나코의 마음이 고요해졌다. 맑은 달빛이 몸 안을 가득 채운 기분이었다.

"그녀는 이른 아침 길가에 나와 장사하는 농부에게 신선한 레몬을 샀습니다. 자전거 바구니에 레몬을 가득 싣고 다시 페달을 밟아 집으로 돌아왔죠. 돌아오자마자 달빛을 머금은 듯 노랗게 빛나는 레몬 사이에 파묻혀 죽은 듯이 잠을 잤습니다. 긴 잠을 자고 일어나서 사 온 레몬으로 케이크를 굽기 시작했죠."

남자의 입술에 해사한 미소가 걸렸다. 그가 조명을 받아 반짝반짝 빛나는 쇼케이스를 향해 우아하게 손을 뻗었다.

"그 케이크가 바로 여기 있는 위크엔드입니다."

나나코는 새콤달콤한 레몬 설탕 옷을 입은 보름달처럼 둥근 케이크를 바라봤다.

하늘에 떠 있던 다정한 달이 땅으로 내려와 달콤한 과자로 변신한 것처럼 보였다.

"이 케이크에는 지구 옆을 지키는 달처럼 항상 고객님 곁에 머무는 과자를 만들고 싶다는 파티시에의 바람이 담겨 있습니다. 그리고 달에 인력이 있듯이 저희 가게의 위크엔드에도 소중한 사람을 끌어당기는 마법의 힘이 깃들어 있습니다."

스토리텔러의 이야기가 끝났다.

"고객님은 어떤 제품이 마음에 드시나요?"

매혹적인 목소리로 던져진 질문에 홀린 듯 대답이 흘러나왔다.

"네. 이 위크엔드 주세요."

나나코는 마법의 힘을 품고 땅에 내려온 달을 가져가고 싶었다.

"알겠습니다."

살짝 고개를 숙여 인사한 남자가 조심스러운 손놀림으로 쇼케이스 안에서 둥근 달을 꺼냈다. 견본으로 만든 제품이라 가격이 할인된다는 설명을 덧붙이며 하얀 상자에 케이크를 넣었다.

그때 남자의 어깨 너머로 계산대 안쪽이 보였다. 한쪽 면이 유리로 된 주방은 안이 훤히 들여다보이는 구조였고, 안에서 파티시에로 보이는 여자가 작업을 하고 있었다. 나나코는 누군가 또 있었다는 사실을 그제야 알아차렸다.

유리 벽 너머의 여자는 달의 여신인가 싶을 만큼 아름다웠다.

가늘고 부드러운 몸 선을 가진 여자가 새하얀 셰프복을 입고 청초한 분위기를 자아내고 있었다. 굵게 물결치는 부드러운 갈색 머리는 뒤로 깔끔하게 묶었고, 그 아래로 하얀 목덜미가 반듯하게 뻗어 있었다. 턱선은 갸름했고 입술은 꽃잎 같았다. 오똑한 콧대와 자연스러운 눈썹 모양, 부드러운 눈동자까지 모든 것이 완벽한 얼굴로 말간 빛을 내고 있었다.

'여신급 미모를 가진 저 여자가 여기 파티시에?'

전에 케이크를 사러 왔을 때 나나코를 응대한 파티시에는 대충 기른 검은 머리를 고무줄로 질끈 동여매고 구부정한 자세에 검은 안경을 쓰고 있었다. 이 세상 불행을 혼자 전부 짊어진 것처럼 초라한 여자였다.

파티시에가 바뀐 건가?

아니면 그 꾸깃꾸깃 지저분한 셰프복을 입고 있던 여자, 수수하다 못해 촌스럽던 그 여자가 지금 눈앞에 있는 저 여신?

도대체 어떤 마법을 쓰면 사람이 저렇게 변할 수 있지?

반쯤 얼이 빠진 상태로 계산을 마친 나나코는 파란 종이봉투에 든 위크엔드를 건네받았다.

"감사합니다. 다음에 또 들러 주세요."

집사 점원이 우아한 몸짓으로 고개를 숙이자 유리 벽 너머에 있던 아름다운 파티시에도 나나코를 향해 가볍게 고개를 숙였다. 설탕 과자처럼 달콤하고 상냥한 미소를 머금은 채로.

◇ ◇ ◇

"다녀왔습니다."

습관처럼 인사하며 빌라 3층에 있는 좁은 원룸으로 들어온 나나코는 손을 씻고 편한 실내복으로 갈아입었다. 아껴 두었던 홍차와 평소에는 쓰지 않는 예쁜 꽃무늬 접시를 꺼내 하얀색 접이식 테이블 위에 올렸다.

귀찮아서 늘 대충 우려먹던 홍차도 오늘은 기본을 충실히 지키며 정성스럽게 우렸다. 접시와 세트인 꽃무늬 찻잔에 맑은 향기가 올라오는 예쁜 호박색 차가 채워졌다.

"좋아! 준비 완료!"

나나코는 근사한 티 파티에 초대된 것 같은 기분에 가슴이 콩닥거렸다.

접시 위에는 하얀 레이스 냅킨도 깔았다.

새콤달콤한 설탕 옷을 입은 위크엔드를 올려놓으니 테이블 위에 둥근 달이 뜬 것 같았다. 살며시 입가에 미소가 번졌다.

먼저 설탕으로 코팅된 케이크 한쪽을 포크로 떠서 입에 넣었다.

와삭. 집사 점원의 설명대로 가벼운 소리와 함께 설탕 옷이 부서지고 곧바로 상큼한 레몬 향과 새콤달콤한 맛이 혀 위에서 춤을 췄다. 거기에 촉촉한 반죽의 달콤함과 버터의 풍미가 더해지자 황홀한 맛의 하모니가 완성됐다.

"맛있어…."

왠지 모르게 마음이 편안해지는 맛이었다.

그녀는 홍차를 마시며 케이크를 조금씩 잘라 입에 넣었다. 이렇게 편안한 기분을 느껴본 게 얼마 만일까? 와삭와삭 부서지는 새콤달콤한 설탕 코팅의 식감은 그야말로 최고였다.

케이크를 굽고 그 위에 따뜻하게 녹인 설탕물을 정성스럽게 붓는 예쁜 파티시에의 모습이 떠올랐다. 유리로 가로막혀 있던 주방에는 상큼한 레몬 향이 가득했을 것 같다.

"달은 햇빛이나 구름에 가려 우리 눈에 보이지 않을 때도 있지만, 낮이든 밤이든 변함없이 언제나 지구 옆을 지키고 있습니다."

"보이지 않아도 늘 같은 자리에서 지구에 사는 우리를 지켜보고 있죠."

촉촉한 레몬 케이크에 집사 스토리텔러가 들려준 이야기가 스며 있었다.

나나코 역시 자신은 아무도 신경 쓰지 않는 세상에 있으나 마나 한 존재라는 생각에 늘 우울했다. 하지만….

상큼한 맛이 입안에 퍼질 때마다 딱딱하게 굳었던 마음이 조금씩 말랑하게 풀어졌다.

지구 옆을 지키는 달처럼 먹는 사람의 곁에 머무는 과자를 만들고 싶다는 파티시에의 바람을 담아 만들어 위크엔드에는 소중한 사람을 끌어당기는 마법의 힘이 깃들어 있다는 스토리텔러의 말을 떠올렸다.

나나코는 포크를 내려놓고 스마트폰을 들어 머릿속에 떠오른 사람에게 전화를 걸었다.

"오랜만이야. 응, 응. 난 잘 지냈어. 넌? 아, 일이 바빴구나. 고생했겠네."

상대를 위로하는 다정한 말들이 흘러나왔다. 그리고 자연스럽게 이어지는 대화에 기분 좋았다. 모두 위크엔드에 깃든 마법의 힘 덕분이라는 생각이 들었다.

"지금 케이크 먹고 있었어. 위크엔드라는 케이크인데 위에 코팅된 새콤달콤한 레몬 설탕이 와삭하고 부서지는 식감이 일품이야. 빵도 촉촉해서 진짜 맛있어. 응? 먹고 싶다고? 아직 많이 남았는데… 괜찮으면 지금 올래?"

나나코는 핸드폰 스피커를 통해 들려오는 목소리에 귀를 기울이며 자신이 이 남자를 좋아하고 있다는 사실을 깨달았다. 눈이, 뺨이, 입술이 느슨하게 풀어졌다.

"바로 갈게! 나, 사실 이번 주 내내 네 생각만 했어. 보고 싶어."

기다렸다는 듯 그의 대답이 돌아왔다.

'어쩌면 내 옆에도 줄곧 나를 지켜봐 준 사람이 있었던 게 아닐까?'

설탕 옷을 입고 땅으로 내려온 달이 달콤한 향기로 테이블 위를 채웠다. 이제는 모든 것이 사랑스럽다. 나나코도 조용히 대답했다.

"응. 기다릴게."

폭신한 부드러움 속에
상큼함을 품은 케이크, 설렘이 가득한
'샤를로트'

"나, 오늘부터 휴가니까 그렇게 알아."

전업주부 마키하라 후미요의 갑작스러운 선언에 식구들은 아침부터 혼란에 빠졌다.

"자, 잠깐만. 당신 지금 그게 무슨 소리야?"

회사원인 남편 슈사쿠의 목소리는 불안하게 떨렸다.

"엄마, 그럼 아침밥은? 그나저나 왜 안 깨웠어? 아르바이트 지각하게 생겼잖아."

대학생인 큰딸 가토리는 텅 빈 식탁을 보고 안절부절못했다.

"엄마, 내 도시락은? 간식으로 먹을 거랑 점심까지 두 개. 그건 쌌지?"

날벼락 선언에도 고등학생 아들 소마는 한심하게 도시락을 찾았다. 하긴 야구부 연습에 푹 빠진 성장기 소년에게 도시락은 생명줄이나 마찬가지니 그럴 만도 하다.

후미요는 당황한 가족들을 천천히 둘러보고 여유로운 미소를 지었다.

"여보, 나 당신과 결혼하고 21년 동안 단 하루도 쉰 적이 없어. 그러니까 이건 정당한 내 권리야. 가토리, 엄마 휴가 중에는 네가 알아서 일어나도록 해. 빨래도 다림질도 자기 옷은 자기가 하는 거야. 오늘 아침밥은 없어. 물론 점심도 저녁도 안 할 거야. 소마, 도시락이 필요하면 네가 직접 싸도록 해."

슈사쿠는 물론 가토리와 소마 모두가 잠시 그대로 얼어붙었다. 그러다 곧 다시 허둥대기 시작했다.

"악! 아침 연습 지각이야!"

"아르바이트 가야 하는데."

"출근, 출근!"

"엄마, 내 옷 안 다려 놨어? 오늘 입을 거라고 했잖아!"

"여보, 양말이랑 넥타이 어딨지?"

"헐! 밥도 안 돼 있잖아!"

후미요는 얼굴에 옅은 미소를 머금고 천천히 몸을 일으켜 현관으로 향했다.

"그럼, 나는 지금 외출할 거야. 카페에서 간단하게 아침을 먹고 쇼핑하러 갔다가 영화도 보고 올게. 아, 미술관도 가 봐야겠다."

그녀는 오늘 그동안 옷장에 모셔 두기만 했던 원피스를 꺼내 입었다. 화이트와 옐로가 예쁘게 어우러진 배색 원피스에 하얀 펌프스를 신은 후미요의 휴가는 그렇게 시작됐다.

◇ ◇ ◇

"소마, 너 요즘 도시락이 왜 그래?"

"아, 요즘 소마네 어머니께서 파업 중이래."

별일도 다 있다는 듯 대답한 사람은 소마가 아니라 그의 친구인 아사미 레이지였다.

고등학교 점심시간.

미타무라 무기는 소마의 도시락을 보고 눈을 끔뻑였다. 큼지막한 도시락통에 꽉 눌러 채워진 하얀 밥과 참치통조림, 그리고 마요네즈 한 통이 전부였다.

어제는 참치통조림 대신 고등어 양념구이 통조림이었고, 그제는 식빵 한 봉지와 케첩 한 통이었다.

"뭐? 파업? 현수막에 '월급 인상', '근무시간 단축' 같은 걸 적어 놓고, 요구를 들어줄 때까지 일 안 하고 버티는 그거?"

"아니야, 우리 엄마는 파업이 아니라 휴가야. 엄마가 갑자기 이틀 전에 '오늘부터 휴가!'라고 선언하시더니, 집안일에서 손을 딱 떼셨어. 지금 우리 집은 완전 전쟁통이야. 도시락도 내가 직접 만들어야 한다고."

"소마, 밥을 지어 도시락통에 담은 걸 가지고 만들었다고 하지는 않아⋯."

"그게 말이야, 물 조절이 정말 어렵더라고. 이거 봐. 어제는 엄청 질었는데 오늘은 또 너무 되잖아. 엄마한테 물은 얼마나 넣어야 하냐고 물었더니, 안락의자에 앉아 클래식 음악을 들으시면서 뭐라고 하신 줄 알아? 엄마는 지금 휴가 중이야. 휴가 중에는 상담 업무도 하지 않아. 전화도 메시지도 받지 않을 거야. 딱 이렇게 말하더라고."

"하하하, 너희 어머니 정말 재밌으시다."

"레이지. 그렇게 남의 일 말하듯 하지 마."

소마가 떨떠름한 표정으로 레이지를 바라봤다. 언제나 힘차게 쭉 뻗어 있던 소마의 눈썹 끝이 오늘은 힘없이 축 처졌다.

어머니가 돌연 휴가를 선언하신 뒤 그날 소마는 점심으로 식빵에 케첩을 뿌려 먹었다.

미타무라 무기는 이제야 그날 소마가 왜 케첩 빵을 먹었는지 이해가 됐다.

"무기, 너희 집 케이크 가게 한다고 했지? 가끔 쿠키나 파운드케이크 같은 거 가져와서 여자애들끼리 나눠 먹잖아. 나도 좀 줘라. 점심으로 먹게."

"응, 언니가 우리 집 1층에서 케이크 가게를 해. 팔고 남은 빵이라도 괜찮다면 다음에 가져올게."

"진짜지? 나야 완전 괜찮지. 전에 유통기한이 반년이나 지난 컵
라면에도 도전해 봤는데 아무렇지도 않았거든."

"야, 그런 도전은 안 해도 돼."

레이지가 도무지 이해가 안 된다는 표정으로 끼어들었다.

레이지는 운동부 소마와는 정반대로 음악부에서 플루트를 연
주한다. 남자다운 체구를 가진 소마에 비하면 호리호리한 편이다.
하얀 피부에 곱상하게 생긴 데다 공부도 잘해서 여자애들 사이에
서는 레이지의 인기가 압도적으로 높다.

무기와 레이지는 어릴 때부터 함께 자란 소꿉친구다.

"레이지 말이 맞아. 유통기한이 지나도 꽤 오랫동안 먹을 수 있
다고는 하지만 반년은 심하잖아. 탈이 안 난 게 다행이지. 그리고
언니 가게에서 팔고 남은 빵을 가져올 수는 있지만 밥 대신 빵을
먹는 건 좋지 않아."

"하긴, 우리 누나도 초콜릿이랑 빵만 먹더니 3일 만에 1킬로그
램이나 쪘다고 유난을 떨더라."

"그런데 너희 누나가 밥 안 해 줘? 그럼, 너희 아버지나 네가 하
면 되잖아."

"아, 못 해. 못 해. 나는 사과도 한 번 깎아 본 적 없어. 하다못해
토스터에 빵을 넣는 일조차 다 엄마가 해 주셨거든. 밥 먹으러 주
방에 가면 식탁에 젓가락이랑 컵까지 전부 세팅돼 있고, 소스도
작은 그릇에 각각 덜어져 있었어. 그런데 어제는 아빠가 봉지라면

을 끓이려다가 물이 넘쳐서 냄비를 엎으셨다니까. 말도 마. 대참 사였어. 나도 마파두부가 먹고 싶어서 두부에 녹말가루를 넣고 섞어 봤는데 녹말가루가 뭉쳐서 죽처럼 되는 거야. 와, 아무리 배가 등가죽에 붙었어도 그건 못 먹겠더라."

"그래, 너는 조리 실습 시간에도 쌀을 세제로 씻으려고 했잖아. 된장국에도 다른 재료랑 된장을 한꺼번에 넣고 끓이려고 했고. 그래서 설거지나 하라고 시켰더니 냄비 닦는 연마제로 그릇을 닦으려고 했었지."

"말이 나와서 말인데, 도대체 세제는 종류가 왜 그렇게 많은 거야? 빨래하려고 봤더니 선반에 세제가 다섯 개나 있더라고. 귀찮아서 그냥 한꺼번에 다 넣고 돌렸더니 수건이랑 셔츠가 뻣뻣해져 아빠랑 둘이 머리를 쥐어뜯었다니까. 누나도 다리면 다릴수록 치마가 더 구겨진다면서 짜증만 내고. 지금까지는 빨랫감을 바구니에 던져 넣기만 하면 다음 날에 보송보송한 상태로 서랍장에 잘 개어져 있었단 말이야. 하아…."

친구들은 땅이 꺼지게 한숨을 내쉬는 소마를 보며 그의 집에 벌어진 혼란이 어느 정도인지 알 것도 같았다. 무기는 안타까운 마음에 소마에게 위로를 건넸다.

"너희 어머니는 정말 완벽한 주부셨구나. 그렇게 가족을 위해 헌신하셨으니까 휴가를 드리는 게 마땅해. 안 그랬다가는 더 큰 일이 터질지도 몰라."

◇ ◇ ◇

'마지막으로 극장에서 영화를 본 게 언제였지? 미술관은 언제 갔었더라? 온전히 나만을 위해서 쇼핑한 게 도대체 몇 년 만이야.'

후미요는 휴가를 만끽하는 중이었다.

아침에도 느지막이 일어나 여유롭게 화장하고 옷을 차려입은 뒤에 집을 나섰다. 아침 식사는 카페에서 프렌치토스트나 얇은 팬케이크를 먹었다. 아니면 사르륵 녹아내리는 오믈렛이나 에그 베네딕트를 주문해 카페오레나 밀크티와 함께 먹기도 했다.

오후에는 미술관에 가서 느긋하게 작품을 감상하고, 미술관 안에 있는 레스토랑에 가서 전시 내용에 맞춰 선보이는 특별 코스를 먹거나 백화점 화장품매장에 가서 메이크업 서비스를 받았다. 그리고 의류매장에 가서 마음에 드는 옷들을 입어 보고 멋진 원피스나 블라우스를 사기도 했다. 그럴 때면 통로까지 따라 나온 직원들의 정중한 배웅을 받았다.

'아, 즐거운 인생이여.'

후미요는 움츠러들었던 몸이 쭉 펴진 기분이 들었다. 발걸음도 가벼웠다. 초여름의 싱그러운 햇살과 푸릇푸릇한 나뭇잎을 스치는 바람이 상쾌했다.

결혼 후에는 영화나 쇼핑을 즐겨야겠다고 생각해 본 적이 없다. 하물며 혼자서 카페에 가고 레스토랑에서 밥을 먹는 건 그야말로 천지가 개벽할 일이었다.

요즘 젊은이들은 혼자서도 어디든 갈 수 있다. 하지만 후미요가 젊었을 때는 여자 혼자 나다니려면 항상 주위 시선을 신경 써야 했고 솔직히 좀 부끄럽기도 했다. 그랬는데….

'이렇게 자유롭고 해방된 기분일 줄은 꿈에도 몰랐어.'

가족들과 있으면 아무래도 자신이 챙겨야 한다는 생각에 이것 저것 신경을 쓰게 됐다. 식재료와 생필품이 든 무거운 장바구니를 양손 가득 끙끙거리며 들고 와도, 집에 오면 바로 식사를 준비해야 했고 먹고 나면 뒷정리가 남아 있었다. 잠시도 쉴 틈이 없었다.

하지만 자신만 생각하기로 한 지금은 마음 가는 대로 그저 편하게 몸을 맡기면 됐다. 집에 돌아가서도 목욕하고 싶어지면 욕조에 들어가면 그만이었다. 목욕이 끝나도 내일 아침 준비나 집안일 따위는 접어 두고 이불 위에 풀썩 쓰러져 자면 됐다.

어제는 새로 산 아로마 포트에 감귤 향 오일을 떨어뜨려 침실에 두었다. 그래서인지 상큼한 향기 속에서 한번도 깨지 않고 아침까지 푹 잘 수 있었다.

후미요의 휴가 선언에 날벼락을 맞은 남편과 아이들은 부엌과 세탁실에서 몇 번이나 요란한 소리를 내며 비명을 질렀다. 하지만 휴가 중이니 군이 신경 쓰지 않았다.

사실 남편은 그렇다 치고 딸과 아들은 지금까지 너무 오냐오냐 하며 키웠다. 이번 기회에 딸이 자기 옷 정도는 직접 빨고 다릴 줄 아는 성인이 되길 바랐다. 아들 역시 빵 정도는 태우지 않고 구울 수 있었으면 좋겠다는 생각이다.

이대로라면 앞으로 독립해 혼자 살게 됐을 때 엉망진창이 될 것이 뻔했으니까.

하지만 일단, 지금은 휴가 중이니 그들의 일은 그들에게 맡기고 즐길 생각이다.

혼자 보내는 휴가가 이렇게 즐거울 줄이야.

후미요는 산책 삼아 어린잎들이 우거진 가로수길을 느긋하게 걸었다.

음, 저녁을 먹기에는 아직 좀 이르고… 이번에는 어딜 가 볼까?

걸었더니 조금 피곤하다. 카페에서 잠시 쉬었다 갈까?

막 주택가에 들어섰을 때 귀여운 입간판 하나가 눈에 들어왔다.

시원한 바다색 바탕에 레몬색으로 그려진 원 안에 글자가 쓰여 있었다.

스토리텔러가 있는 양과자점
'달과 나'
이쪽으로 오세요.

화살표가 방향을 가리키고 있었다.

'달과 나? 가게 이름이 꼭 소설 제목처럼 멋지네. 스토리텔러가

있다는 콘셉트도 신선하고. 그런데 스토리텔러가 뭐지?'

이야기 세상을 여행하는 기분에 사로잡힌 후미요는 콩콩 뛰는 가슴을 안고 화살표가 가리키는 방향을 향해 걸음을 옮겼다.

잠시 후, 그녀의 앞에 예쁜 하늘색 벽이 나타났다.

보름달처럼 노란색 둥근 명패가 달렸고 그 안에 파란 글자가 새겨져 있었다.

'달과 나'

'어머나, 예뻐라.'

후미요는 저도 모르게 생긋 미소가 지어졌다.

유리문 너머 가게 안에는 노랗고 파란 리본과 봉투로 포장된 과자들이 아기자기하게 진열되어 있었다. 모두 반짝반짝 빛이 났다.

테이블도 두 개가 있는 걸 보니 안에서 먹고 갈 수도 있는 모양이다.

'여기서 차 한 잔 마시고 가야겠다.'

그녀는 가게 문을 열고 안으로 들어갔다. 동시에 오페라 가수 같은 중저음의 나직한 목소리가 귓가에 또렷하게 울렸다.

"어서 오세요. 스토리텔러가 있는 양과자점입니다."

'어머, 어머, 어머나.'

눈을 동그랗게 키운 후미요는 소리 없는 탄성을 질렀다.

검은 연미복을 입고 윤기 있는 머리카락을 깔끔하게 뒤로 넘긴 멋진 남자 점원이 그녀를 맞았다. 키가 훤칠하고 얼굴선이 짙은 남자였는데 그중에서도 코가 예술이었다. 나이는 서른 살 정도 됐으려나?

'어머, 정말 멋진 미남 집사잖아! 스토리텔러가 있다고 했는데 이 집사를 말하는 건가?'

"안녕하세요."

콩콩 뛰던 심장이 점점 속도를 올리더니 급기야 가슴을 뚫고 나올 정도로 세차게 뛰었다. 입가에 자연스레 미소가 번졌다.

"차를 마시고 싶어서요. 그리고 케이크도요."

"그러시군요. 이쪽으로 앉으세요. 바로 메뉴판을 준비하겠습니다. 케이크는 쇼케이스에서 마음에 드시는 제품을 고르시고 말씀해 주세요."

집사 점원은 후미요를 창가에 있는 둥근 테이블로 안내하더니 허리를 굽혀 두 손으로 정중하게 의자를 빼 주었다.

"감사합니다."

그녀가 자리에 앉자 그가 파란 표지의 메뉴판을 건넸다. 홍차와 커피, 허브티가 각각 세 종류씩 있었다. 가격은 주변 다른 가게들보다 약간 비쌌지만 찻잎과 원두에 관한 설명을 자세하게 적어 놓은 점에서 맛에 대한 자부심이 느껴졌다. 왠지 전문점에서나 맛볼 수 있는 맛있는 차가 나올 것 같았다. 만약 그렇다면 이 정도 가격은 싼 편이다.

게다가 케이크와 세트로 주문하면 100엔 할인까지 해 준다고
한다.

"뭘 마시지? 고민되네."

"케이크를 먼저 고르시면 어떨까요? 케이크에 맞춰서 음료를
정해도 좋을 것 같습니다만."

"아, 그러네요. 그렇게 하죠."

후미요가 일어서는 타이밍에 맞춰 그가 다시 의자를 빼 주었다.
혹시 전에 호텔 레스토랑에서 일했었나 싶을 만큼 동작이 세련되
고 우아했다.

'어머, 나 좀 봐. 가슴이 왜 이렇게 뛰지? 그나저나 옆에서 봐도
정말 잘생겼다.'

후미요는 사람에게 느껴지는 설레임으로 기분이 좋아졌다.

케이크가 진열된 쇼케이스는 보석상에서 흔히 볼 수 있는 형태
의 카운터 쇼케이스였다. 그 너머는 유리 벽이라 안쪽이 훤히 들
여다보였다. 안에서는 파티시에가 등을 돌린 채 열심히 작업을 하
고 있었다. 하얀 셰프복의 실루엣이 가냘프고 부드러운 걸 보니
여성인 듯했다.

후미요는 일단 쇼케이스 안을 들여다보았다. 밝은 조명이 켜진
쇼케이스 안에는 둥근 케이크와 반원 모양의 케이크, 초승달 모양
의 케이크가 각각 두 종류씩 있었다. 마치 고가의 예술 작품처럼

종류별로 한 개씩 가지런히 놓여 있었다. 종류는 많지 않았지만 전부 맛있어 보였다.

"저희 가게는 보름달과 반달, 초승달 세 가지 형태의 달을 콘셉트로 한 케이크를 판매하고 있습니다. 이쪽에 있는 새콤달콤한 설탕 옷을 입힌 보름달 위크엔드가 저희 가게를 대표하는 스페셜 제품이죠. 그런데 살구와 레몬 벌꿀로 만든 이쪽 샤를로트Charlotte는 이 시기에만 맛볼 수 있는 한정판 보름달 케이크입니다."

샤를로트는 살구 과육이 뿌려진 연한 오렌지색의 보름달 케이크였다. 주위를 빙 둘러 손가락 모양의 폭신한 크림색 비스퀴 Biscuit로 싸고 시원한 바다색 리본으로 묶었다.

"어머나, 예뻐라."

후미요는 절로 감탄사가 새어 나왔다.

상품을 설명하는 점원의 기분 좋은 목소리가 다시 나직하게 울렸다. 마치 노래하듯이 부드럽게….

"샤를로트는 18세기 프랑스의 천재 요리사 마리 앙투안 카렘이 만들었다고 전해집니다. 리큐어Liqueur(알코올에 과일 향을 섞어 만든 술)를 머금은 '비스퀴 아 라 퀴에르Biscuit à la Cuillére'로 측면을 둘러싸고, 바닐라 향 바바루아Bavarois 크림이나 초콜릿무스 Chocolate Mousse로 안을 채워 차갑게 즐기는 디저트입니다. 저희 가게의 샤를로트는 산뜻한 레몬 벌꿀이 스며든 비스퀴를 썼고, 살구 바바루아 크림도 벌꿀과 레몬으로 포인트를 주어 상큼한 맛을 느끼실 수 있습니다. 위에 뿌려진 과육 외에도 바바루아 크림 속에 레몬즙으로 절인 살구 한 알이 통째로 숨어 있습니다."

"정말 맛있을 것 같네요. 모양도 너무 귀여워요."

반짝반짝 빛나는 유리 쇼케이스 안 오렌지색의 작은 보름달은 마치 달빛을 머금은 꽃밭 같았다. 그 옆에 있는 사이즈가 큰 것 또한 머랭으로 표면을 동글동글 소박하게 장식해 무척 귀여웠다.

"고객님이 말씀하신 대로입니다. 샤를로트라는 이름은 당시 크게 유행했던 귀여운 주름 장식이 달린 여성용 모자에서 따왔다고 하니까요."

"어머, 정말 화려한 모자 같이 생겼네요. 보름달 모자라니 너무 멋져요. 저도 열 살만 젊었으면 이런 모자를 쓰고 길을 걸어 보고 싶었을 거예요."

무심코 튀어나온 말에 후미요 갑자기 부끄러워졌다. 그런 자신의 마음을 들킬까 싶어 황급히 말을 이었다.

"지금은 이렇게 펑퍼짐한 아줌마라서 어울리지 않겠지만요."

그녀의 말에 집사가 진지한 얼굴로 대답했다.

"무슨 말씀이세요. 고객님은 귀여운 인상에 피부도 하얀 편이니 아주 잘 어울리실 겁니다."

예의상 하는 빈말이라도 잘생긴 집사에게 그런 말을 들으니 후미요의 뺨에 홍조가 들었다.

"그렇게 말씀해 주시니 몸둘 바를 모를 정도로 정말 감사하네요. 그럼, 이 작은 모자로 할게요."

"알겠습니다. 차는 어떻게 하시겠어요? 살구 맛을 돋우는 다즐링 스트레이트 티를 추천해 드리고 싶습니다만….."

"네, 그걸로 할게요."

"감사합니다. 바로 준비해 드리겠습니다. 자리에서 기다려 주세요."

이번에도 그가 의자를 빼 주었다.

마치 귀족 집안의 어린 영애^{令愛}가 된 기분이었다. 실제로는 마흔을 훌쩍 넘긴 아줌마지만 말이다. 후미요는 쿡 하고 소리없이 웃으며 벽 쪽 선반으로 눈을 돌렸다. 선반에는 보석상자 같은 과자 세트와 옛날이야기에 등장할 것 같은 작은 잼 병들이 놓여 있었다. 잠시 선반을 구경하는 사이에 점원이 은색 찻주전자에 담긴 홍차와 샤를로트를 들고 돌아왔다.

그가 테이블 위에 차와 케이크를 조심히 내려놓고, 찻주전자를 높이 들어 하얀 찻잔에 차를 따랐다.

호박색 차가 반짝반짝 빛을 반사하며 새하얀 찻잔으로 떨어지는 모습에 그녀는 또 한 번 탄성을 질렀다.

"와, 정말 집사 같아요!"

"저는 집사가 아니라 스토리텔러입니다."

그가 차분하게 그녀의 말을 정정했다.

"스토리텔러라면… 조금 전처럼 상품을 설명해 주는 사람을 말하는 건가요?"

"그렇습니다. 상품과 함께 상품에 얽힌 이야기를 들려 드리는 것이 제 역할입니다."

후미요의 가슴에서 또 한 번 작은 종소리가 울렸다.

"아, 맞아요. 이야기를 듣고 나니까 샤를로트가 더 귀엽고 맛있어 보였어요. 먹기 전부터 가슴이 두근거렸다니까요."

"어서 드셔 보세요. 자신 있게 말씀드리지만 입에 넣자마자 벅찬 감동이 밀려와서 가슴을 흔들 겁니다."

"기대되네요."

그녀는 두근거리는 가슴을 안고 두 손을 모았다.

크고 하얀 접시 위에는 샤를로트 외에도 바닐라와 레몬 아이스크림이 함께 놓여 있었다. 아이스크림 위에는 먹기 좋게 자른 살구와 라즈베리가 놓였고, 그 주위를 노란색 레몬 소스가 장식했다. 녹색 피스타치오도 드문드문 뿌려져 있었다.

"너무 예뻐요."

"매장에서 드시는 고객님께 제공되는 서비스입니다."

마치 레스토랑에서 먹는 멋진 디저트 같았다.

후미요는 고급 레스토랑에서 검은 슈트의 지배인이 내준 디저트를 먹는 기분으로 포크를 들었다.

연한 오렌지색 보름달에 은색 포크를 살짝 찔러 넣자 탱글탱글한 감촉이 전해졌다. 잘게 다진 과육과 함께 떠서 입에 넣자 바로 레몬의 상큼함과 벌꿀의 달콤함, 살구의 산미까지 더해져 그야말로 꿈 같은 맛이 혀 위에서 퍼졌다.

심장을 울리는 감동적인 맛이다. 후미요는 눈을 감고 천천히 맛을 음미했다.

케이크에 묶인 바다색 리본을 풀 때도 심장이 콩닥거렸다. 손가락으로 끝을 잡고 살짝 당기자 어슴푸레한 새벽하늘의 푸른빛을 닮은 가는 리본이 하얀 접시 위로 스르륵 떨어졌다.

포크 끝으로 손가락 모양의 비스퀴를 하나 떼어 내 반으로 자른 다음, 그 위에 바바루아 크림을 얹어 입에 넣었다. 벌꿀과 레몬이 스며 있는 폭신한 비스퀴의 식감과 달콤한 맛, 꾸덕꾸덕하면서도 상큼한 살구 바바루아 크림이 섞이자 감히 말로는 표현할 수 없는 맛이 완성됐다.

맛에 사로잡혀 반쯤 넋을 놓고 케이크를 잘라 입에 넣는 일에 열중하다 보니, 어느 순간 안에서 반질반질한 살구 한 알이 통째로 나타났다. 그 살구를 바바루아 크림과 함께 먹으니 입안에 새콤달콤한 행복이 가득 들어찼다.

'살구가 이렇게 맛있는 과일이었구나.'

달콤하면서도 새콤한 게 어딘지 고풍스럽고 옛 생각이 나는 맛이었다.

반면 바바루아 크림은 진하면서도 상큼했다. 둘의 완벽한 조화에 절로 탄식이 터져 나왔다.

깔끔한 맛의 홍차도 케이크와 잘 맞았다.

"너무 맛있어요. 말씀하신 대로네요. 마치 여고생으로 돌아간 것처럼 설레요. 18세기 프랑스에서 유행하던 모자를 보고 천재 요리사가 케이크로 만들었다는 이야기나, 그 케이크가 지금까지 전해진다는 것도 너무 로맨틱하고요."

그녀의 말에 집사는 입매를 부드럽게 늘이며 또 한 번 후미요의 심장을 뒤흔드는 해사한 미소를 지었다.

"어느 시대든 숙녀분에게는 설렘이 필요한 법이죠."

그는 나긋한 어조로 말을 이었다.

"이건 달이 들려준 이야기랍니다."

그의 목소리가 새콤달콤한 바바루아 크림이 혀 위에서 녹아내리며 퍼트리는 향기처럼 상큼하다. 마치 마법사가 마법을 거는 것처럼 후미요의 귓전으로 날아들었다.

"저희보다 훨씬 젊은데도 이미 자신은 늙어 버렸다고 생각하던 한 여자의 이야기입니다."

후미요는 조금 전 자신이 아줌마가 됐다고 말했던 일이 떠올라 순간 흠칫 놀랐다.

"더는 젊지 않고 감성은 녹슬어 버린 데다 열정도 식어 버렸다고 생각했던 그녀는 꿈도 희망도 잃고 타성에 젖어 무의미하게 하루하루를 살았습니다. 그녀는 자기 나이보다 실제로 훨씬 늙어 보였죠. 늘 자신 없는 표정으로 고개를 푹 숙이고 구부정한 자세로 다녔습니다. 옷도 세일할 때 파는 싸구려 티셔츠나 트레이닝복을 사서 너덜너덜해질 때까지 몇 년씩 입었죠. 어두운 표정으로 한숨을 쉬는 모습은 그야말로 진짜 노인처럼 보였습니다."

"엄마, 그 카디건을 도대체 몇 년째 입는 거야? 소매도 다 해지고 너무 구식이야."

가슴을 찌르는 따끔한 통증과 함께 딸이 했던 말이 떠올랐다.

그때 후미요는 집에서 입는 옷인데 뭐 어떠냐, 다 늙은 아줌마 옷에 누가 신경이나 쓰겠냐고 대꾸했었다. 그러자 딸이 잔뜩 찌푸린 얼굴로 말했다.

"그러다 눈 깜짝할 사이에 할머니 된다니까. 안 그래도 요즘 좀 늙었어, 엄마."

후미요는 손바닥으로 가슴 부근을 지그시 눌렀다.

'아니야. 내가 아니라 다른 여자의 이야기야.'

'그런데 아직 젊은 사람이 할머니처럼 보일 정도로 생기를 잃어버렸다니, 도대체 어떤 불행한 사연이 있었던 걸까?'

궁금해진 그녀는 점원의 이야기에 더욱 귀를 기울였다.

"그러던 어느 날 여자는 마법사를 만났습니다. 선한 마음을 가진 여자는 마법사에게 친절을 베풀었고, 마법사는 보답으로 그녀에게 마법을 걸어 주었죠. 바짝 당겨 고무줄로 묶었던 머리를 풍성하지만 가볍게 부풀려 주고, 헐렁하고 촌스러운 옷을 몸에 꼭 맞는 화사한 옷으로 바꿔 주었습니다."

"그래서 어떻게 됐어요?"

"지금 고객님이 상상하시는 그대로입니다."

그는 후미요를 응원하는 듯 입가에 힘을 주었다.

"머리 모양이 바뀌고 옷이 달라지면서 가슴을 설레게 하는 일들이 하나씩 생겼습니다. 그녀의 표정에도 생기가 돌기 시작했죠. 눈동자는 빛을 찾았고 구부정했던 자세도 달라졌습니다. 지금은 아무도 그녀를 할머니 같다고 생각하지 않는답니다. 다들 젊고 생기 넘치는 매력적인 여성이라고 생각하죠. 이제 그 마법은 그녀가 설렘을 유지하고 있는 동안은 절대 풀리지 않습니다."

후미요는 생각에 잠겼다. 그리고 뭔가 깨달은 듯 말했다.

"맞아요. 여성에게는 어떤 상황에서든 가슴을 설레게 하는 일이 필요해요."

"고객님이 선택하신 샤를로트에도 달이 건 마법의 힘이 깃들어 있습니다. 설레는 마음으로 맛있게 드셨으면 좋겠네요. 그리고 지금 느낀 설렘을 이 소소한 이야기와 함께 간직해 주시면 감사하겠습니다."

점원이 우아하게 고개를 숙이며 이야기를 마쳤다.

후미요는 아직 꿈에서 깨지 않은 것처럼 몽롱한 표정으로 그를 바라봤다.

어느새 완전히 자신의 이야기로 감정 이입해서 듣고 있었다.

'그래 맞아. 내게도 설렘이 필요했어.'

후미요는 휴가를 내기 전, 의욕도 없고 늘 피곤하기만 했던 일상을 떠올리며 그의 말에 깊이 공감했다.

원래 다른 사람을 잘 챙기는 성격이라 가족들 뒷바라지하는 일이 그리 싫지도 않았다. 그동안 분명 전업주부가 그녀의 천직이기는 했다.

회사에서 열심히 일해서 월급을 받아오는 남편이 고마웠다. 두 아이가 크게 다치거나 아픈 데 없이 잘 자란 준 일이나 예의를 아는 착한 아이들로 자랐다는 사실도 늘 감사하게 여겼다. 그런데도 요즘 들어 계속 피곤했다. 안 그래도 이상하게 생각하던 차에 딸에게 늙었다는 말까지 듣자 가슴이 쿵 내려앉은 것이다.

"애는…. 아무리 그래도 할머니라고 불릴 나이는 아니야."

대꾸는 그렇게 했지만 주뼛주뼛 화장실 거울 앞에 섰을 때 거울에 비친 자신의 모습이 정말로 폭삭 늙어 보여 깜짝 놀랐다.

살이 붙어 몸도 얼굴도 퉁퉁했고 주름과 흰머리도 부쩍 늘었다.

무엇보다 거울 속 눈동자가 뿌옇고 탁했다.

'아아, 정말 할머니 같네. 이대로 다시는 설레지도, 심장이 콩닥콩닥 뛰는 일도 없이 나이만 먹어가는 걸까?'

그런 생각이 들자 참을 수 없이 쓸쓸하고 허무해졌다. 그래서 휴가를 선언하고 집안일에서 벗어나 쉬기로 했다.

'젊은 사람들은 이럴 때 휴가를 내고 해외로 여행을 떠나겠지?'

'그런 건 바라지도 않으니 극장에 가서 영화도 보고 미술관에라

도 가 보자. 맛있는 요리도 먹고 예쁜 옷도 사면서 느긋하게 쉬는 거야.'

몇 년 전에 사놓고 한 번도 입지 못했던 원피스도 꺼내 입었다. 화이트와 옐로가 예쁘게 어우러진 원피스를 입고 거울 앞에 서니 그토록 무거웠던 몸이 날아갈 듯 가벼워지고 기분도 상쾌해졌다.

어느 시대든 여성에게는 언제나 가슴을 설레게 하는 일이 필요하다. 맞는 말이다.

달이 마법을 걸어 둔 오렌지색 모자가 눈과 혀를 통해 그리고 그 안에 숨겨진 이야기를 통해 후미요에게 다가왔다.

지금 거울 앞에 서면 초롱초롱 눈을 빛내는 여자가 자신을 보며 미소 지을 것 같다.

정말 멋진 가게를 발견했다.

후미요는 설렘을 잃지 않기 위해서라도 자주 들러야겠다고 마음먹었다.

"잘 먹었습니다. 정말 맛있었고 너무 설레서 가슴이 벅찰 정도였어요."

대답으로 점원이 상냥하게 웃었다.

"감사합니다. 그렇게 말씀해 주시니 정말 기쁘네요."

"큰 모자를 하나 포장해 갈 수 있을까요? 가족에게 선물하고 싶어서요."

"물론입니다. 준비할 테니 잠시만 기다려 주세요."

점원은 쇼케이스 아래 냉장고에서 새 샤를로트 앙트르메 Entremets(코스 마지막에 나오는 달콤한 맛의 디저트)를 꺼내 하얀 상자에 집어넣었다. 포장에 열중하는 그의 옆얼굴은 다시 봐도 정말 잘생기고 멋졌다. 그렇게 가만히 바라보고 있는데 문득 그의 뒤 유리 벽 안쪽에서 케이크를 만들던 파티시에의 모습이 눈에 들어왔다.

'어머!'

후미요 눈이 처음 집사 점원의 환영을 받았을 때와 같이 동그래졌다.

주먹만 한 얼굴에 풍성한 갈색 머리를 뒤로 깔끔하게 모아 묶은 여자가 살짝 고개를 숙여 수줍게 인사했다. 도톰한 입술과 발그레한 볼이 분홍빛으로 물들어 있었다.

맑은 눈동자와 수줍게 웃는 미소는 막 딴 신선한 과일을 떠올리게 했다. 더불어 하얀 셰프복 아래로 드러난 실루엣은 부드럽고 여성스럽기 그지없었다.

'어쩜, 저렇게 예쁜 아가씨가 있을까.'

'저 사람이 여기 있는 멋진 과자를 만드는구나.'

'젊은 아가씨가 대단하네.'

후미요도 살짝 고개를 숙였다. 그녀가 꽃잎 같은 입술을 벌리며 신이 난 소녀처럼 활짝 웃었다.

후미요는 또 찾아달라고 인사하는 잘생긴 스토리텔러의 배웅을 받으며 가게를 나섰다. 하지만 여전히 마법의 나라를 떠다니는 기분이었다.

'스토리텔러의 이야기에 등장한 자신이 늙어 버렸다고 생각했다는 여자가 혹시…? 그럼, 마법사는?'

머릿속에서 로맨틱한 이야기가 몽글몽글 피어오르자 가슴이 또 두근거리기 시작했다.

역시 앞으로 자주 들러서 유심히 지켜봐야겠다.

후미요는 맛있는 차와 케이크가 아니어도 가게를 다시 찾아야 할 이유가 생겼다. 그 기분 좋은 설렘을 안고 집으로 가는 발걸음을 재촉했다.

그녀의 손에는 연한 오렌지색의 화려한 모자가 든 파란 종이봉투가 들려 있었다.

적당히 느껴지는 그 무게감에 기분이 좋았다.

집에 가면 자신의 휴가로 오늘도 전쟁 같은 하루를 보냈을 남편과 아이들에게 휴가가 끝났다고 말할 작정이다.

'분명 기뻐하겠지?'

'그러나 앞으로는 정기적으로 휴가를 쓸 거라고 확실하게 못 박아 놔야겠어. 그러니까 다들 기본적인 집안일을 익혀 두라고.'

그리고 식구들에게도 이 설렘을 나누어 주어야겠다. 달의 마법이 깃든 작은 양과자점에서 스토리텔러 집사에게 들은 흥미로운 이야기를 들려주면서.

집에 들어서자, 큰딸 가토리가 뾰로통한 얼굴로 옷 가게 쇼핑백을 불쑥 내밀었다.

"…이거, 엄마한테 잘 어울릴 것 같아서."

안에 든 것을 꺼내 보니 후미요의 손안에 파란 하늘이 펼쳐졌다. 리넨 소재의 카디건, 가볍고 시원해서 다가올 더운 계절에 입으면 딱 좋을 것 같은 옷이었다.

"엄마 카디건 너무 낡았잖아."

가토리는 쑥스러운지 눈을 맞추지 못했다. 입술도 여전히 삐죽 내민 채였고.

하지만 후미요의 낡은 카디건을 보고 제 엄마를 생각하며 골랐을 터였다.

"그리고 저기… 늘 밥도 차려 주고 깔끔하게 다림질도 해 줘서 고마워."

가토리가 돌아선 채로 후다닥 말을 쏟아냈다.

그러다 갑자기 고개를 획 돌렸다.

"엄마 기분 맞추려고 하는 소리 아니야! 정말이야! 엄마가 정말 대단한 사람이라는 걸 깨달았을 뿐이야. 다음에 면 셔츠 다리는 방법 좀 가르쳐 줘."

큰딸은 숨도 쉬지 않고 말을 쏟아내고는 화악 달아오른 얼굴을 감추려 다시 고개를 숙인다.

후미요의 뺨이 봉긋하게 솟았다.

"고마워. 가토리. 색이 너무 곱다. 소중하게 입을게."

"아끼지 말고 자주 입어."

"알았어."

그때 주방 쪽에서 와장창 접시가 깨지는 소리와 "으악!" 하는 소마의 비명이 동시에 울렸다.

아들도 익숙지 않은 집안일로 난관에 부딪힌 모양이다. 그래도 좌충우돌하면서 최선을 다하는 모습이다.

가토리도 소마도 정말 잘 자라 주었다.

가슴 가득 따뜻한 기운이 번져 나갔다. 후미요는 작은 레몬색 보름달이 그려진 파란 종이봉투를 들어 보였다.

"선물이야. 아빠 퇴근하시면 우리 다 같이 먹자. 엄마가 차 끓여 줄게."

세 번째 이야기

빨간 라즈베리의 향긋함 속에 독을 감춘

'레이어 케이크'

분홍색 설탕이 뿌려진 케이크에는 빨간 마블 무늬가 그려져 있었다.

케이크 주변으로 모인 아이들은 빨리 먹고 싶은 마음에 눈을 반짝이며 누나가 케이크를 잘라 주기만 기다렸다.

안경을 쓰고 교복 위에 바다색 앞치마를 두른 누나가 칼로 조심스럽게 케이크를 잘랐다. 그리고는 부끄럽다는 듯 엷게 웃으며 가장 큰 조각을 레이지에게 건넸다.

"도와줘서 고마워. 레이지."

모두가 케이크를 받자 레이지가 두 손으로 들고 있던 빨간 마블 무늬 케이크를 한 입 베어 물었다. 그리고 바로 울상을 지었다.

"우웩, 맛없어."

◇ ◇ ◇

"그 '샤로크'라는 모자처럼 생긴 케이크가 진짜 말 그대로 입에서 녹더라니까. 케이크 주위로는 폭신폭신한 비스킷이 빙 둘러 있고, 안에는 오렌지색 바바루아인가? 아무튼 찐한 크림이 들어 있는데 엄청 맛있어. 맛도 깔끔하다니까. 이런 걸 목 넘김이 좋다고 하나? 하여간 끝도 없이 먹을 수 있을 거 같아. 안에는 잘게 자른 오렌지색 알맹이가 듬뿍 들어 있고, 가운데 살구가 통째로 들어 있는데 그게 또 엄청 맛있더라고. 나는 지금까지 살구는 설탕 시럽을 발라 노점상에서 파는 것만 봤거든. 이렇게 맛있는 줄 몰랐다니까. 아무튼 샤로크가 최고야!"

소마는 쉬는 시간에 휴가를 끝낸 엄마 후미요가 사 온 홀케이크에 대한 찬사를 쏟아내느라 여념이 없었다. 모자처럼 생긴 화려한 케이크가 말도 안 되게 맛있다, 그렇게 맛있는 케이크는 태어나서 처음 먹어봤다며 목소리를 높였다.

그러다 그 케이크를 같은 반 친구 미타무라 무기의 언니가 파티시에로 있는 가게에서 파는 제품이라는 걸 알았다. 소마는 너희 언니야말로 진정한 천재라며 극찬을 이어갔다.

"고마워. 언니한테 전해 줄게. 그런데 소마, 그 케이크는 샤로크가 아니라 아마 샤를로트일 거야."

무기가 케이크 이름을 정정해 주었다.

"그래? 뭔가 명탐정 같은 이름이라고 생각했는데 샤를로트구나. 하하하."

소마는 뭐든 상관없다는 듯 호탕하게 웃었다.

"아무튼 우리 식구들은 나랑 엄마만이 아니라 누나랑 아빠까지 전부 너희 언니 팬이 됐어. 다들 맛있다고 난리였다니까. 엄마가 얼마나 뿌듯해하셨다고."

"나도 무기네 언니가 만든 과자 좋아해. 버터를 듬뿍 넣은 피낭시에Financier는 가장자리가 바삭해서 정말 맛있어!"

"맞아! 어린아이 모양으로 만든 진저쿠키Ginger Cookie도 오독오독해서 맛있었어. 생강 향이 진하게 확 퍼지는 게 밀크티랑 같이 먹으면 진짜 천국에 온 기분이라니까."

무기와 친한 고전문학부의 사카모토 리카코, 무기와 같은 치어리더 동아리의 가토 가에데도 맞장구쳤다. 리카코는 안경을 쓴 문학소녀이고 가에데는 키가 크고 야무지게 생겼다.

"그런데 무기, 요즘은 왜 언니네 가게 과자 안 가져오는 거야?"

"아, 미안, 다들 좋아해 준 덕분에 요즘은 거의 남지 않거든. 막 개업했을 때는 폐기 처분하는 빵들이 산더미여서 언니도 매일 가게를 접어야 하나 걱정할 정도였는데 말이야."

"미안하긴, 장사가 잘되면 좋은 일이지. 맞다, 너희 언니네 가게에서 먹을 수도 있다고 했지? 오늘 학교 끝나고 다 같이 가보지 않을래? 어때? 가에데?"

"좋아! 좋아! 과자 말고 다른 케이크도 먹어 보고 싶었거든. 분명 맛있을 거야."

그때 소마가 끼어들었다.

"나도! 나도 끼워 줘! 오늘은 동아리 연습이 없는 날이야. 나도 다른 케이크 먹어 보고 싶어."

그러고는 옆에 있던 레이지를 향해 눈을 반짝였다.

"레이지, 너도 같이 가자. 쇼핑은 나중에 하고. 맹세해도 좋아. 진짜 맛있다니까!"

레이지는 오늘 방과 후에 소마와 쇼핑하러 가기로 했었다. 역에 있는 쇼핑몰에 갔다가 요즘 한창 인기를 끌고 있다는 10단 햄버거를 먹을 예정이었다.

야구부인 소마는 몸집만이 아니라 위장의 크기도 운동부 부원다웠다. 하지만 음악부인 문과 소년 레이지는 입도 짧고 자극적인 음식은 그다지 좋아하지 않았다.

그러니 슈퍼 메가급 사이즈의 햄버거보다는 차와 케이크 쪽이 훨씬 낫기는 했다.

그곳이 미타무라 무기의 언니가 하는 가게만 아니었다면 물어보나 마나였다.

"갈 거지? 레이지?"

"그래. 레이지, 같이 가자."

"너도 분명 마음에 들 거야. 아, 맞다. 너랑 무기는 유치원 때부터 알고 지낸 소꿉친구라고 했지? 그럼, 무기 언니도 알겠네. 그 언니가 만든 과자 먹어 본 적 있어?"

성가신 질문이 날아들었다.

하지만 레이지는 여기서 얼굴을 찡그리며 쌀쌀맞게 대할 수 없다. 그랬다가는 여자애들한테 인기 좀 있다고 너무 잘난 척 한다, 아이돌처럼 생기면 뭐 하느냐, 성격이 별로라는 등 구질구질한 소문이 퍼질 게 뻔하다.

평소에 늘 친절한 사람이 어쩌다 조금이라도 냉정한 모습을 보이면 그 부분만 몇십 배로 부풀려져 주목받는 법이다.

반항기 넘치는 불량소년은 비 오는 날 강아지를 돕기만 해도 호감도가 급상승하지만, 레이지의 경우는 정반대다. 그래서 레이지는 늘 자신이 손해를 본다고 생각했다.

그렇다고 16년에 걸쳐 쌓아온 '외모, 가정교육, 성격 모두가 100점인 완벽한 레이지'라는 간판에 이제 와 흠집을 낼 수는 없었다.

"응. 몇 번 먹어 봤어. 맛있지. 누나도 잘 알아. 옛날부터 성실하고 친절한 사람이었어."

레이지는 무난한 대답으로 상황을 넘겼다.

무기가 살짝 신경이 쓰이기는 했지만 다행히 별말이 없었다. 뒤끝 있는 성격이 아니라 옛날 일은 다 잊어버렸는지 모른다. 어쩌면 그 일이 무기에게는 특별히 기억에 남을 만한 사건이 아니었을 수도 있다.

"그럼, 너도 같이 가는 거다! 우와! 나, 벌써 기대돼!"

레이지는 가겠다고 대답하지 않았지만 소마와 애들의 머릿속에는 이미 그도 인원수에 포함되어 있었다.

"전부 다섯 명이네. 무기, 다 같이 앉을 수 있을까?"

"응, 2인용 둥근 테이블이 두 개 있으니까 붙이면 다섯 명도 앉을 수 있을 거야. 의자도 여분이 있어. 그래도 먼저 온 손님이 있으면 기다려야 할 수도 있는데 괜찮아?"

"다들 괜찮지?"

"물론이야. 난 서서 먹어도 괜찮아."

"그래도 서서 먹을 순 없지. 그러면 케이크를 포장해서 근처 공원으로 가도 좋겠다."

"맞아, 아직 선선하니까."

다들 즐거워 보였다.

그런데 리카코와 가에데에게는 다른 목적도 있는 듯했다.

"너희 언니 가게에 집사가 있다며?"

"맞아. 인터넷에 '달과 나'를 검색하면 집사에게 응대받는데 완전 멋있었다는 리뷰가 많아. 소문났다니까."

두 사람이 무기 쪽으로 몸을 기울이자 소마도 한마디 거들었다.

"그래, 우리 엄마도 잘생긴 집사가 이야기를 들려줬다면서 아이돌 팬처럼 눈을 반짝반짝 빛내더라."

'잘생긴 집사…?'

레이지는 불편한 심기가 얼굴에 드러나지 않도록 필사적으로 입꼬리를 당겼다.

"집사가 있어? 전에는 누나가 혼자 계산도 했잖아. 가게가 바빠져서 고용한 거야?"

"그 반대야. 그분이 오고 나서 바빠졌어. 언니도 완전히 다른 사람이 됐고. 레이지, 너 지금 우리 언니 보면 아마 깜짝 놀랄걸?"

레이지는 얼굴이 다시 딱딱하게 굳어갔다.

"그래…? 기대되네."

레이지는 간신히 웃는 얼굴을 유지한 채 중얼거리듯 대답했다.

그러자 무기가 어린아이처럼 들뜬 어조로 덧붙였다.

"그리고 그분은 집사가 아니라 스토리텔러야."

"어서 오세요. 스토리텔러가 있는 양과자점입니다. 찾아 주셔서 감사합니다."

투명한 유리문을 열고 들어서자 키가 훤칠한 남자가 우아한 동작으로 고개를 숙였다. 검은 연미복을 입고 흑발을 깔끔하게 뒤로 넘긴 남자의 중저음의 또렷한 환영 인사였다.

"우와! 정말 집사가 있어!"

"그것도 흑집사야!"

"오, 멋진걸."

"……"

리카코와 가에데, 소마는 방금 만화책을 찢고 나온 듯 잘생긴 집사를 보고 흥분을 감추지 못했다. 하지만 레이지는 집사 차림의 점원이 생각보다 더 잘생기고 심지어 목소리까지 귀에 쏙 들어오는 매력적인 미성이라는 사실에 한층 더 심기가 불편해졌다.

20대 후반에서 30대 초반쯤으로 보이는 나이 역시 거슬렸다.

저 나이에 케이크 가게에서 집사 코스프레나 하며 아르바이트하는 걸 보면 복잡한 사연이 있는 남자가 분명했다. 호스트바에서 일하다가 여자 문제로 싸우고 밤도망을 쳤거나, 여성들을 상대로 캐치 세일즈를 하다가 고발당했을 수도 있다. 어쩌면 혼인 빙자 사기꾼일지도 모른다.

레이지가 그런 생각에 빠져 있는 사이 무기가 집사에게 말을 걸었다.

"가타리베 씨, 메시지로 얘기한 제 친구들이에요. 소마 어머니가 지난번에 우리 가게에서 샤를로트 앙트르메를 사 갔는데 식구들이 다들 맛있다고 난리였대요."

"아, 혹시 화이트와 옐로가 어우러진 청초한 원피스가 잘 어울렸던 숙녀분을 말씀하시는 걸까요? 피부도 뽀얗고 굉장히 매력적이셨어요."

"맞아요. 그런 옷을 입으셨었어요."

"그렇군요. 감사합니다."

"제가 더 감사하죠. 정말 맛있었어요. 엄마도 꼭 다시 올 거라고 하셨고요."

"네. 어머님께 소개해 드리고 싶은 제품들이 아직 많답니다. 저도 다시 방문해 주시길 기다리고 있다고 전해 주세요."

레이지는 그가 소마와 주고받는 대화를 듣고 진짜 혼인 빙자 사기꾼일지도 모른다는 확신이 들었다. 그야말로 말이 청산유수다. 원래 사기꾼은 저렇게 물 흐르듯이 자연스럽게 대화를 이어가다가 어느 순간 달콤한 말로 사람을 홀리는 법이니까.

리카코와 가에데는 이미 반쯤 넋이 나가 있었다.

"집사 아저씨, 저도 가타리베 씨라고 불러도 될까요? 저는 무기 친구 사카모토 리카코예요."

"저는 가토 가에데예요. 집사 아저씨, 같이 사진 찍어 주시면 안 돼요?"

그는 가에데의 요청을 정중하게 거절했다.

"죄송합니다. 매장 안 풍경이나 주문하신 메뉴는 자유롭게 찍으셔도 괜찮습니다만, 직원과의 사진 촬영은 어렵습니다. 양해 부탁드립니다."

"힝, 아쉬워라."

"하긴 집사 아저씨 사진이 SNS에 퍼졌다가는 가게에 손님이 몰려들어서 난리가 날지도 몰라. 어쩔 수 없지."

"그렇겠네."

"이해해 주셔서 감사합니다. 리카코 님, 가에데 님."

"꺄아, 리카코 님이래!"

"가에데 님이라니!"

두 여고생이 호들갑스럽게 소리를 질렀다.

"다시 인사드리겠습니다. 저는 가타리베 쓰쿠모라고 합니다. 집사가 아니라 이곳 '달과 나'의 스토리텔러를 맡고 있습니다. 기억해 주신다면 감사하겠습니다."

"이름이 가타리베(일본어로 이야기꾼)라고요? 혹시 예명이세요?"

"아닙니다. 호적에도 올라가 있는 제 본명입니다. 이 성을 받고 태어났을 때부터 스토리텔러로 일하게 될 운명이었던 거죠."

"그런데 궁금해서 그러는데요… 스토리텔러라면 옛날이야기 같은 걸 해 주시는 건가요?"

"맞아, 맞아. 나도 스토리텔러가 무슨 일을 하는지 궁금했어."

질문을 받은 그가 두 손을 우아하게 앞으로 펼치더니 나직하게 깔리는 목소리로 대답했다.

"이 가게에 있는 모든 상품은 하나같이 저마다의 이야기를 품고 있습니다."

말이 떨어지기 무섭게 가게 안을 채운 공기의 색과 무게가 달라졌다. 과자와 잼을 담은 병, 얇은 종이로 감싼 캐러멜, 캔에 든 사탕, 케이크가 진열된 쇼케이스로 꾸며진 가게 안이 마치 마법의 기운으로 채워지는 듯했다.

"저는 이곳에 있는 매력적인 상품들이 가진 이야기를 꺼내 고객님에게 들려 드리고 있습니다. 고객님이 저희 가게의 상품과 함께 멋진 이야기를 가져가시길 바랄 뿐이죠."

리카코와 가에데는 몽롱해진 얼굴로 가타리베를 바라봤다.

"여전히 잘 모르겠지만 아무튼 멋있어."

"나는 가타리베 씨가 추천하면 이 가게에 있는 과자를 전부 살 것 같아."

소마는 빨리 케이크 맛을 보고 싶었다.

"맞아. 우리 엄마도 점원이 들려준 이야기가 굉장히 좋았다고 했어. 그런데 우리 케이크부터 먹으면 안 될까? 뭐 먹지? 다 맛있을 거 같아."

보석함 같은 쇼케이스 쪽으로 걸어간 소마는 군침을 흘리며 케이크를 고르기 시작했다.

종류별로 하나씩 진열된 케이크들이 조명을 받아 보석처럼 반짝였다.

"저희 가게에는 보름달과 반달, 초승달 이렇게 세 가지 형태의 달을 콘셉트로 한 케이크를 판매하고 있습니다. 이쪽에 있는 레이어 케이크Layer Cake는 기간 한정으로 선보이는 보름달 케이크입니다. 얇게 자른 스펀지케이크 사이에 쥘레Gelée(젤리) 상태의 붉은 라즈베리 잼을 발라 층층이 쌓고, 겉은 신선한 크렘 샹티Crème

Chantilly(설탕을 넣은 생크림)로 덮었습니다. 쇼트케이크Shortcake를 떠오르게 하는 모양 때문에 폭넓게 사랑받는 인기 제품입니다."

그는 한 발 옆으로 몸을 옮겼다.

"반달 케이크로는 초콜릿무스를 준비했습니다. 우유 맛 초콜릿 사이에 산미가 있는 레몬 커드Curd(잼) 층을 만들고, 바닥에는 바삭바삭한 식감을 가진 푀이양틴Feuillantine(얇고 바삭한 과자)을 촘촘하게 깔았습니다. 맛과 식감의 변화를 즐기면서 드실 수 있을 겁니다."

고개를 돌린 그가 아이들을 보더니 설명을 이었다.

"초승달 케이크는 레몬 파리 브레스트Paris-Brest입니다. 파리 브레스트는 일반적으로 슈Choux 반죽을 원 고리 형태로 굽지만, 저희 가게에서는 두 개의 초승달을 마주 보게 배치해서 하나의 원을 만들었습니다. 안에는 파리 브레스트의 정석이라 할 수 있는 구운 아몬드 향이 진한 프랄린Praline 크림을 채웠고 독특하게 새콤달콤한 레몬 쥘레도 넣었습니다. 그래서 더 신선한 맛을 즐기실 수 있습니다."

"우와아아, 다 맛있겠다!"

"어쩌지? 레이어 케이크로 할까? 아… 파리 브레스트도 맛있을 거 같아."

"레몬 커드가 들어간 초콜릿무스 맛도 궁금해!"

소마와 리카코, 가에데가 쇼케이스 앞에서 우왕좌왕하는 사이에 레이지는 다른 것들을 유심히 살폈다.

전에는 가게 분위기가 이렇지 않았다. 주택가 한구석에 파묻혀 존재감이라고는 전혀 없던 초라한 가게였다. 내부는 어두웠고 선반에 진열된 상품의 포장도 촌스러웠다. 쇼케이스에는 맞춘 듯 똑같은 갈색 과자로만 채워져 있었다.

직원은 단 한 명. 파티시에가 제조부터 고객 응대까지 혼자 했다. 그 파티시에 또한 이곳에서 파는 과자만큼이나 촌스럽고 어두운 사람이었다.

두꺼운 검은 안경을 쓰고 무거워 보이는 검은 머리를 고무줄로 질끈 묶은 스타일…. 손님이 오면 구깃구깃한 셰프복을 입고 홀에 나와 구부정한 자세로 작게 중얼거리며 주문받았다.

레이지는 그런 그녀의 상태를 확인하기 위해 가끔 가게에 들렀었다. 집에서 심부름을 보냈다고 둘러대면서 쿠키나 과자 세트를 샀다. 그때마다 계산대 앞에 선 그녀는 늘 오들오들 떨거나 흠칫 놀라곤 했다.

그래서 레이지는….

"아, 언니!"

무기의 목소리가 레이지를 상념에서 끌어냈다.

무기는 계산대 옆을 지나쳐서 주방으로 들어갔다.

친구들이 왔어, 다들 언니가 만든 과자가 정말 맛있대, 그런 얘기를 하는 걸까?

쇼케이스 너머 유리로 보니 그녀가 기쁜 미소를 지었다. 유리
벽 너머로 그녀를 본 소마와 애들은 깜짝 놀라 웅성거렸다.

"헐, 누구야? 저 미인은?"

"저 사람이 무기 언니야? 말도 안 돼! 너무 예쁘시다!"

"와, 연예인 같아."

레이지는 놀랍지 않았다. 참기 힘든 짜증이 솟구치고 화가 치밀
어 올랐을 뿐.

'뭐야. 저 꼴은…. 안경은 왜 벗은 거야?'

'머리도 먹물을 부어 놓은 것처럼 까맣더니 염색했네. 파마도
했고. 눈썹도 정리하고 화장까지 했잖아? 그나저나 저 셰프복은
몸에 너무 붙는 거 아니야?'

'제길!'

그녀가 레이지와 친구들 쪽으로 고개를 돌렸다. 그리고 꽃잎 같
은 가녀린 입술에 수줍은 미소를 머금고 살짝 고개 숙이자 다들
흥분했다.

"우와! 안녕하세요. 처음 뵙겠습니다!"

"언니 피낭시에 정말 최고예요!"

"저도 언니 팬이에요!"

입에서 나오는 대로 찬사를 쏟아내며 꾸벅꾸벅 고개를 숙였다.

레이지도 까딱 고개를 숙였다.

그리고 그녀의 얼굴을 가만히 쳐다보았다. 그제야 상대도 레이

지가 있다는 사실을 알아차렸는지 표정이 순식간에 딱딱하게 굳어 버렸다.

'이제 알았어? 너무 늦잖아!'

그녀의 어깨가 움츠러들고 몸이 구부정하게 말렸다.

무기가 왜 그러냐고 물었는지 고개를 가로젓더니 다시 작업에 열중했다. 그리고는 레이지가 있는 쪽으로 다시는 고개 돌리지 않았다. 하지만 옆얼굴은 이미 하얗게 질려 버렸고 입술은 가늘게 떨었다. 시선을 아래로 고정한 채로 움직이지 않았다.

무기가 주방에서 나와 친구들에게 사과했다.

"언니한테 나와서 인사하라고 말했는데 아마 부끄러운가 봐. 미안해."

"무슨 소리야. 충분해. 예쁜 얼굴 보여 주었잖아."

"맞아. 일하시는데 방해하면 안 되지."

"그나저나 너희 언니 정말 예쁘다."

친구들의 말에 고맙다고 대답한 무기는 레이지와 눈을 맞췄다.

"내 말이 맞지? 우리 언니 보고 놀랄 거라고 했잖아."

"그러네. 누나 정말 예뻐졌네."

레이지가 어색하게 웃었다.

"그런데 다들 케이크는 고른 거야?"

"아! 골라야지."

"도저히 못 고르겠어."

무기의 물음에 소마와 애들은 다시 고민에 빠졌다.

그럴 줄 알았다는 듯 피식 웃은 무기가 한 걸음 뒤에 물러나 있
는 가타리베에게 물었다.

"가타리베 씨, 오늘의 추천 케이크는 뭐예요?"

다른 애들도 기대에 찬 얼굴로 일제히 그를 돌아봤다.

"음, 글쎄요. 전부 추천할 만큼 맛있지만 굳이 하나를 고르자면
오늘은 보름달 모양의 레이어 케이크를 추천하고 싶네요. 아키타
에서 들여온 국내산 라즈베리를 넣었거든요. 수입 라즈베리는 일
년 내내 유통되지만 국내산 라즈베리는 이 시기에만 먹을 수 있습
니다. 그 케이크를 먹으며 제철 과일의 맛을 즐기셨으면 해요. 괜
찮으시면 작은 보름달보다는 큰 보름달이 어떠실까요? 여러분이
함께 보름달을 나누어 드시면 좋을 것 같습니다."

"홀케이크!"

"좋다! 생일 파티 같아!"

"나도 좋아. 레이지는?"

"응, 좋아. 그게 좋겠네."

모두 의견을 모아 레이어 케이크 앙트르메로 주문했다.

"감사합니다. 오늘은 특별히 음료를 서비스로 드리겠습니다.
자리로 가서서 드시고 싶은 음료를 골라 주세요."

"감사합니다."

"와아, 기대돼."

"빨리 먹고 싶어."

모두가 우르르 테이블 쪽으로 이동해 자리에 앉아 각각 아이스커피와 홍차를 주문했다.

그 사이에 일부러 주방이 보이는 위치로 의자를 옮겨 앉은 레이지는 계속 안쪽을 바라보았다.

'고개 돌려.'

'날 보라고.'

'어서!'

레이지는 초조하게 속으로 계속 중얼거렸다.

그녀는 여전히 어깨를 움츠리고 하얗게 질린 얼굴로 바쁘게 손을 움직였다. 레이지가 무서워 차마 쳐다볼 수 없다는 듯이.

그래도 결국 신경이 쓰이기는 했는지 천천히 고개를 들었다.

잔뜩 겁에 질린 눈이 레이지의 매서운 눈과 마주쳤다.

"…!"

상대는 놀라서 급히 고개를 숙였다.

레이지는 그런 그녀 모습에 은밀한 쾌감을 느꼈다. 여전히 자신이 그녀에게 영향력을 미치는 존재라는 사실이 좋았다.

그녀도 레이지를 의식하고 있었다. 쳐다보기는 무섭지만 그래도 보지 않고는 참을 수 없을 만큼.

'고개 숙이지 마.'

'다시 이쪽을 보라고!'

레이지는 강한 의지를 담아 마음속으로 외쳤다. 그녀의 등이 점점 더 구부정하게 말리고 가냘픈 어깨가 파르르 떨렸다. 급기야 귓불까지 새빨갛게 달아올랐다.

그녀가 다시 슬며시 고개를 들었다.

"…!"

하지만 눈이 마주치자 불에 데기라도 한 듯 화들짝 놀라며 다시 고개를 숙여 버렸다. 소용없는 짓이다. 어차피 이미 머릿속에 그의 모습이 깊게 새겨졌을 테니. 레이지의 존재가 그녀의 머릿속에서 지워질 일은 없다.

레이지는 시선을 거두지 않은 채 계속 그녀를 몰아붙였다.

'잊지 마.'

그녀는 자신이 하찮고 볼품없는 무력한 존재라는 사실을 한순간도 잊어서는 안 된다.

유리 벽 너머에 있는 여자는 이런 잔인한 압박에 짓눌려 점점 더 깊이 고개를 떨궜다. 어깨를 움츠리고 구부정하게 몸을 말았다. 젊고 아름다운 파티시에의 모습에서 초라한 노파의 모습으로 변해갔다.

'그래. 그래야지.'

'자, 어서 나를 봐.'

레이지는 마음속으로 가차 없이 명했다.

실제로 그의 목소리가 전해지기라도 한 듯, 도저히 저항할 수 없다는 듯, 그녀가 다시 천천히 고개를 들었다.

그 순간….

"오래 기다리셨습니다. 오늘의 보름달, 라즈베리 잼을 넣은 레이어 케이크입니다."

갑자기 눈앞에 나타난 검은 연미복이 그녀를 향한 레이지의 시선을 차단했다.

마치 잔인한 눈빛으로부터 그녀를 보호하려는 듯이…. 장대같이 키가 큰 남자가 유리 벽을 등지고 레이지 앞에 섰다.

풍성하게 물결치는 크림으로 감싼 둥근 달을 올린 은쟁반을 들고서. 또 다른 쟁반에는 나누어 담을 하얀 접시와 서늘한 빛을 내는 긴 케이크 칼이 담겨 있었다.

계속해서 그녀의 마음을 어지럽히면 케이크 칼로 베어 버리겠다는 소름 끼치는 압박감이 느껴졌다. 그가 사악한 사념 따위에 절대 굴하지 않을 강인한 눈빛으로 레이지를 노려봤다.

단정한 입가에는 여전히 상냥한 미소를 머금었지만 눈은 조금도 웃지 않은 채로.

소마와 리카코, 가에데는 케이크에 온통 정신이 팔려 레이지와 가타리베 사이에서 벌어진 소리 없는 전쟁을 알아차리지 못했다.

"우와! 맛있겠다!"

"가타리베 씨가 잘라 주실 건가요?"

"홀케이크는 예쁘게 자르기가 쉽지 않아요."

그가 여전히 등 뒤의 그녀가 보이지 않도록 감춘 채 매력적인 목소리로 대답했다.

"그렇죠. 저도 파티시에가 애써 만든 제품을 망가뜨리지 않고 예쁜 모양 그대로 전해 드리고 싶어 꽤 오래 특훈을 거쳤습니다. 지금부터 그 성과를 보여 드리죠."

모두가 와 하고 탄성을 질렀다.

'이봐, 당신. 좀 비켜.'

'왜 거기 서 있는 거야? 안 보이잖아!'

'비키라고, 이 거인 놈아!'

레이지는 살의를 담아 마음속으로 외쳤다. 하지만 긴 칼을 쥔 손은 품위 있게 움직이면서도 연미복 속에 감춰진 유연한 몸과 넓은 등은 미동조차 하지 않았다.

그가 테이블 위에 하얀 접시 다섯 개를 놓았다.

원통 모양의 그릇에 뜨거운 물을 붓고 케이크 칼을 우아하게 찔러 넣은 다음, 칼이 적당히 데워지자 꺼내더니 케이크를 잘랐다.

"굉장해, 정확하게 잘렸어."

"자로 재보고 싶다."

"가타리베 씨, 정말 대단하세요. 케이크 칼을 든 모습도 너무 멋있고요."

자른 케이크를 은색 케이크 서버로 살짝 들어 올리자 붉은 보석처럼 반짝반짝 빛나는 단면이 나타났다. 또 한 번 탄성이 터졌다.

"와, 이거 인스타에 올리면 대박이겠다."

"아, 빨간 케이크가 너무 예뻐."

"사, 사진! 사진 찍어도 될까요?"

"그럼요. 물론입니다. 맛있게 찍어 주세요."

"엄마랑 식구들한테 보여 주려고요."

소마와 애들은 핸드폰으로 정신없이 사진을 찍기 시작했다.

한 치의 흐트러짐도 없이 새하얀 접시에 옮겨진 레이어 케이크
는 역시나 예쁜 단면이 일품이었다. 농도 짙은 붉은 과일잼과 얇
게 자른 스펀지케이크가 번갈아 가며 층층이 쌓인 모습이 화려한
장식품처럼 반짝였다. 부드러운 물결처럼 풍성하게 겉면을 감싼
하얀 생크림도 더할 나위 없이 사랑스러웠다.

거기서 끝이 아니었다. 가타리베는 레이어 케이크 옆에 빨간 라
즈베리 아이스크림과 노란 레몬 아이스크림을 올렸다. 그리고 주
변에 빨간 와인 소스를 두른 다음 그 위에 잘게 부순 피스타치오
를 뿌렸다.

"음료와 세트로 드시는 고객님께 제공하는 서비스입니다."

가타리베는 긴 손가락을 춤추듯 움직이며 깊고 또렷하게 울리
는 목소리로 레이어 케이크에 얽힌 이야기를 시작했다.

"루시 모드 몽고메리의 소설 《빨간 머리 앤》에는 주인공 앤이
목사 부부를 초대해 차를 마시는 자리에 내놓을 레이어 케이크를
만드는 장면이 나옵니다."

가타리베의 표정이 미소로 가득 찼다.

"앤이 오븐에서 꺼낸 케이크는 황금빛이 도는 거품처럼 가볍고 폭신하게 잘 부풀어 있었습니다. 신이 난 앤은 상기된 얼굴로 케이크를 얇게 자르고 사이사이에 루비처럼 붉은 젤리를 발라 층층이 쌓았죠."

소마는 물론 리카코와 가에데도 그의 이야기에 빠져들었다.

"여기서 언급된 젤리는 붉은 과일을 진한 농도로 끓인 반투명한 잼일 겁니다. 당시에는 일반 가정집에 냉장고가 없었고, 그 시대의 책들을 봐도 잼과 젤리를 특별히 구별해서 쓰지 않았다는 걸 알 수 있거든요. 그래서 저희 가게에서도 과육의 식감을 살리고자 신선한 라즈베리 잼을 사용했습니다."

모두 어린아이처럼 순진한 얼굴로 탄성을 뱉기도 하고 깜짝깜짝 놀라기도 했다.

무기는 익숙한 듯 편안한 자세로 친구들을 지켜보며 생글생글 웃었다. '우리 언니 가게 점원이 이렇게나 대단한 사람이야,'라며 득의양양해졌다.

무기의 표정을 본 레이지는 불쑥 짜증이 더 났다. 안 그래도 이 집사에게 가로막혀 그녀의 모습이 전혀 보이지 않는다는 사실에 초조함이 극에 달해가고 있던 차였다.

'어서 저리 꺼져!'

'아예 이 가게에서 나가 버리라고!'

'이 수상한 남자를 쫓아낼 방법이 없을까? 이 자식만 없으면 이 가게도, 누나도, 다시 원래의 초라한 모습으로 돌아가겠지? 어떻게 해야 하지? 이 남자가 뭔가 사고를 치게 만들면 되나?'

가타리베가 이야기하다 손을 들어 검지를 세웠다.

"그런데 앤의 레이어 케이크에 얽힌 일화는 여기서 끝이 아닙니다. 겉으로 보기에는 꽤 그럴싸한 예쁜 케이크를 완성했지만, 안타깝게도 앤이 케이크에 바닐라 향신료 대신 바르는 진통제를 넣었던 거죠."

순간 레이지의 심장이 갑자기 쿵 떨어졌다.

그럴 리가 없었다. 이 남자가 그 일을 알 리가 없었다.

이건 그저 레이어 케이크 이야기일 뿐이다.

"당연히 케이크에서는 난생처음 먹어 보는 이상한 맛이 났고, 그 사실을 모른 채 케이크를 먹었던 목사님 부인은 난감한 표정을 감추지 못했습니다. 부인의 표정을 본 앤의 양어머니 마릴라가 케이크를 먹으면 안 된다는 걸 알고 앤의 실수를 밝혀냈죠."

벌써 10년이나 지난 일이다.

그때 레이지는 유치원생이었고 무기 언니는 고등학생이었다. 그러고 보니 딱 지금의 레이지와 비슷한 나이였다.

"앤은 깊은 절망에 빠져 큰 소리로 울음을 터트렸습니다. 분명 이 일이 마을에 소문날 테고, 케이크에 진통제를 넣었다고 평생 손가락질당할 것으로 생각했죠. 존경하는 목사님 부인도 다시는 뵐 수 없다고 생각했습니다. 독살하려고 했다고 생각하실지도 모르니까요."

"미안해. 내, 내가 재료를 잘못 넣었나 봐."

"미안해. 먹지 마. 정말 미안해."

하얗게 질린 얼굴로 내게 미안하다는 말만 반복했던 누나.

엉엉 소리 높여 울던 아이들.

그때 레이지도 목 놓아 울었다.

가타라베의 시선이 레이지에게 향했다. 레이지와 시선이 마주쳤지만 피하지 않고 오히려 힘주어 말했다.

"이건 달이 들려준 이야기입니다."

가게 안의 공기가 달라졌다.

앤의 실패담을 들려준 가타리베는 입가에 의미심장한 미소를 지었다.

그리고는 노래하듯 자연스럽게 이야기를 이어갔다.

"레이지, 지금부터 새겨들어."라고 도발하듯이.

"어느 동네에 한 여고생이 살았습니다. 내성적인 성격에 부끄러움도 많았지요. 하지만 과자를 만들고, 자기가 만든 과자를 맛있게 먹는 사람들을 보는 걸 좋아하는 소녀였습니다."

갑자기 손바닥을 모아 가슴에 붙인 가타라베는 소녀의 목소리로 말했다.

"내가 만든 과자를 더 많은 사람이 먹었으면 좋겠어. 그 사람들이 맛있다고 해 주면 얼마나 기쁠까?"

이 말을 하고 다시 원래 자기 목소리로 돌아왔다.

"그런 바람을 가지고 있던 소녀에게 어느 날 큰 행운이 찾아왔습니다. 근처에 있던 아동 복지 시설에서 아이들을 위한 다과회를 개최한다는 소식이었죠. 소녀는 그때 케이크를 구워 달라는 부탁을 받았습니다."

이야기를 듣는 레이지의 심장이 꽉 조여 들었다.

'설마, 이 자식….'

"어떤 케이크를 만들어야 아이들이 기뻐할까? 소녀는 생각하고 또 생각했습니다. 다과회에서 아이들을 기쁘게 해 주고 싶어서 시제품을 만드는 연습을 거듭했죠. 그리고 드디어 다과회 전날 아주 예쁘고 멋진 케이크를 완성했습니다. 그때 소녀의 어린 여동생과 동생 친구가 케이크 만드는 일을 도왔습니다."

무기는 생글생글 웃고 있었다.

이야기의 주인공이 누구인지 안다는 뜻이었다.

'만약 여기서 무기가 말실수라도 하면….'

'아니, 그 전에 저 남자가 그 일을 폭로한다면….'

'아니야. 그럴 리 없어. 그 일을 알 리가 없잖아!'

"그날 만든 케이크는 분홍색 설탕 옷을 입힌 라즈베리 마블 케이크였습니다. 구겔호프Gugelhupf 모양을 응용했고, 설탕 옷 위에는 말린 라즈베리를 뿌려서 귀여운 매력을 한층 돋보이게 했죠. 소녀는 멋지게 완성된 케이크를 아이들을 위한 다과회 장소로 가져가 모두가 지켜보는 앞에서 잘랐습니다. 부디 다들 마음에 들어 했으면 좋겠다는 생각에 심장이 두근거렸죠."

케이크 단면에는 선명한 빨간색 마블 무늬가 그려져 있었다.

레이지는 뚜렷하게 그려져 있던 그 날의 빨간 곡선을 지금도 생생히 기억한다.

안경을 쓰고 교복 위에 바다색 앞치마를 두른 누나가 긴 칼로 조심스럽게 케이크를 자른 뒤, 그중 제일 큰 조각을 자신에게 주었던 일도.

"도와줘서 고마워, 레이지."

그녀는 수줍게 그러면서도 기쁘게 웃었다.

"그런데 케이크를 먹은 아이들이 갑자기 하나둘씩 울음을 터트렸죠. 케이크에 독이 들어 있었거든요."

레이지는 하마터면 벌떡 일어나 닥치라고 소리 지를 뻔했다.

다행히 놀란 소마와 애들의 목소리가 먼저 터져 나왔다.

"네? 독이요?"

"어머, 왜요?"

"그건 큰 사건 아니에요?"

레이지는 애들이 쏟아놓는 말 덕분에 가까스로 이성을 붙잡고 충동을 겨우 억누를 수 있었다. 하지만 찬물을 뒤집어쓴 것처럼 온몸이 차갑게 식었다.

목덜미 주위로 오싹한 한기가 느껴졌다.

그때 무기가 웃으며 끼어들었다.

"독은 무슨… 그런 게 아니라 언니가 앤처럼 재료를 잘못 넣었을 뿐이야. 다들 엉엉 울고불고 난리가 났던 건 사실이지만."

"뭐야. 너희 언니 이야기였어?"

"가타리베 씨 목소리가 너무 진지해서 난 진짜 떨렸다고."

"나도. 그런데 이렇게 멋진 케이크를 만드는 언니도 옛날에는 실수하실 때가 있었구나."

묘한 웃음이 섞인 가타리베의 목소리가 나직하게 울렸다.

"지금도 그렇게 할지 모르죠. 사실 지금 여러분께 나누어 드린 레이어 케이크에도 독이 들어 있답니다."

"네에?!"

"거짓말!"

"농담이죠?"

모두가 비명을 질렀지만 그는 묘한 표정으로 웃기만 했다.

"어떤 조각에 독이 들어 있는지는 모릅니다. 여러분의 운에 달렸죠. 다만 이 독은 마음속에 죄를 숨긴 사람에게 갈 확률이 매우 높습니다. 독이 든 케이크를 먹으면 그 죄가 만천하에 드러나게 되니 부디 조심하시길 바랍니다."

마음속 죄는커녕 숨기는 비밀조차 없는 소마와 애들은 역시나

농담이었냐며 하마터면 믿을 뻔했다고 웃어넘겼다. 하지만 레이지의 이마에는 식은땀이 맺혔다.

'독이 들었다고?'

'그럴 리가 없어. 그리고 내가 넣은 것도 독은 아니었다고.'

'하지만 정말 독이 들어 있고 내가 한 짓을 여기 있는 모두가 알게 된다면?'

가타리베는 여전히 가학적인 시선으로 레이지를 바라보고 있었다.

'틀림없어. 저 자식은 내가 한 짓을 전부 알고 있어. 지금 날 협박하면서 즐기고 있는 거야!'

분한 마음에 당장이라도 달려들어 멱살을 잡고 싶었지만, 이곳은 여기저기 구석구석 그가 걸어 놓은 마법의 힘이 뻗친 그의 공간이었다.

그러니 지금 레이지는 덫에 걸린 작은 짐승에 불과했다.

한순간에 괴롭히는 위치에서 괴롭힘을 당하는 위치로 전락해 버렸다.

옆에 앉은 친구들은 그런 사정도 모른 채 레이어 케이크 한쪽을 포크로 잘라 선명한 라즈베리 잼이 듬뿍 발린 조각을 입안으로 가득 밀어 넣고 있었다.

"우와, 대박!"

"라즈베리 잼에 과육이 그대로 살아있어! 완전 찐해!"

"향이 입안에 확 퍼져. 와, 어떻게 이럴 수 있지? 난 이 케이크에 반했어. 너무 좋아!"

귓가에 감탄한 친구들의 찬사가 울렸다.

가타리베는 여전히 레이지를 보고 있었다.

이번엔 레이지의 차례였다. 먹어야 했다.

레이지는 어색하게 손에 쥔 은색 포크로 얇은 스펀지케이크에 넘쳐흐를 듯이 듬뿍 발린 라즈베리 잼을 한 번에 떠서 천천히 입으로 가져갔다.

누군가 목을 조르고 있는 것처럼 숨이 막혔다.

"독이 들어 있습니다."

"이 독은 마음속에 죄를 숨기고 있는 사람에게 갈 확률이 매우 높습니다."

"독이 든 케이크를 먹으면 그 죄가 만천하에 드러나게 되니 부디 조심하시길 바랍니다."

정말 독이 들어 있다면 당연히 레이지의 케이크일 터였다. 레이지는 겉은 새하얗고 부드러운 생크림으로 감싸져 있지만, 안에는 끈적끈적하고 붉은 잼을 감추고 있는 케이크가 마치 거짓말과 죄를 가슴 속에 감추고 살아온 자신 같다고 생각했다.

케이크를 입에 넣은 순간, 다과회에서 누나가 만든 케이크를 먹자마자 자신이 보였던 반응이 떠올랐다. 와락 구겨진 표정과 철없던 아이의 목소리가 생생히 되살아났다.

"우웩, 맛없어."

"아….."

레이지는 포크를 손에 든 채로 멍하니 굳어 버렸다.

"레이지, 왜 그래?"

"너무 맛있어서 말이 안 나오나 본데?"

친구들의 목소리가 들렸지만 금방 현실로 돌아올 수 없었다.

"…응, 너무 맛있어."

이 말이 제멋대로 입에서 흘러나왔을 뿐이다.

'맛있다고?'

'독은?'

'들어 있지 않았던 거야?'

'그런데… 맛있어. 말도 안 되게 맛있어.'

친구들의 말처럼 붉은 라즈베리 잼 향이 입안에 진하게 퍼졌다. 마치 막 딴 신선한 과일을 베어 문 것처럼….

실제 과일보다 당도를 높인 잼이 라즈베리 본연의 매력을 배가시켰다.

얇게 자른 스펀지케이크는 적당한 탄력으로 진한 농도의 잼을 잘 받쳐 주면서 위화감 없이 하나로 버무려졌다.

표면에 물결처럼 풍성하게 발린 하얀 생크림이 지나치게 달지 않고 신선해서 진한 잼 맛을 자연스럽게 잡아 주었다.

'이럴 수가… 정말 맛있다.'

'정말 맛있어.'

'이러면 안 되는데….'

'맛있어.'

레이지는 묵묵히 빨간 잼이 층층이 발린 레이어 케이크를 입에 넣었다.

독이 들어 있다는 말은 역시 거짓말이었다.

어설픈 말재주에 속아서 초조해한 자신이 한심했다.

분했다. 하지만 맛있었다.

그때 가타리베가 부드러운 목소리로 다시 이야기를 시작했다.

울화가 치민 레이지는 그의 얼굴을 쳐다보지 않았다. 그저 목소리에 귀를 기울였을 뿐이다.

"사람은 실수를 저질러도 언제고 바로잡을 수 있는 존재입니다. 진통제 사건을 떨쳐 낸 앤도 이렇게 말했습니다. '한 사람이 저지르는 실수에는 한계가 있다.' 이렇게 생각하면 마음이 편해진다고 말이죠. 그리고 내일은 아직 어떤 실수도 하지 않은 새로운 날이라고 말했습니다."

가타리베는 잠깐 말을 끊더니 아주 후련하다는 듯 한결 가벼워진 목소리로 말했다.

"앤이 다음번에 만든 레이어 케이크는 분명 아주 멋지게 완성됐을 겁니다. 지금 여러분이 드시는 이 빨간 과일 케이크처럼 말이죠. 그럼, 천천히 즐기시길 바랍니다."

그가 우아한 동작으로 고개를 숙이고 주방 쪽으로 돌아갔다.

레이지의 눈에 다시 유리 벽 너머에 서 있는 그녀가 보였다.

조금 전까지 하얗게 질린 얼굴로 어깨를 움츠린 채 몸을 말았던 그녀가 지금은 허리를 곧게 세우고 평온한 표정을 짓고 있었다.

투명하게 빛나는 눈에는 지금껏 그녀에게는 없었던 굳은 의지가 담겨 있었다.

다만 그 눈이 레이지가 아니라 검은 연미복을 입은 장신의 남자를 향해 있었다.

그녀는 자기에게 다가오는 남자를 신뢰 가득한 시선으로 바라보고 있었다.

흔들림 없이 똑바로.

가까이 다가간 그가 무슨 말인가를 건네자 그녀의 얼굴에 꽃이 피듯 환한 웃음이 떠올랐다.

심장이 저릴 만큼 아름다운 미소다.

가타리베의 입가에도 미소가 어렸다. 조금 전까지 레이지를 쏘아보던 싸늘한 눈동자가 지금은 따뜻한 물이라도 뿌린 듯이 부드럽게 녹아 있었다.

그가 다시 말을 건네자 그녀가 환하게 미소 띤 얼굴로 고개를 끄덕였다.

맞다. 그녀는 저렇게 해사하게 웃던 사람이었다.

날카롭게 가슴을 긁어내리는 아릿한 통증과 함께 어린 시절의 기억이 되살아났다.

레이지가 막 유치원에 입학했을 때다.

엄마가 데리러 오길 기다리면서 친구들과 함께 유치원 마당에서 놀다가 넘어져 다친 적이 있다.

무릎에서 배어 나오는 피를 보고 울상이 됐는데 바쁜 선생님들은 아무도 넘어진 레이지를 보지 못했다.

다리에 난 상처가 아프고 겁도 났다. 더는 참을 수 없어서 울음을 터트리던 그때, 안경을 쓰고 검은 머리를 하나로 묶은 교복 차림의 누나가 다정하게 그의 손을 잡아 주었다.

그 누나는 레이지를 수돗가로 데려가서 무릎을 닦아 준 뒤 선생님께 데려다주었다.

그리고 작지만 따뜻한 목소리로 이렇게 속삭여 주었다.

"피가 멎었으니까 이제 괜찮아."

누나에게서 달콤한 바닐라 향이 났다.

나중에 알고 보니 그 누나는 무기의 언니였다. 그날 무기를 데리러 왔다가 다친 레이지를 발견한 거였다. 그 뒤로 레이지는 무기와 친해져서 가끔 집에도 놀러 가는 사이가 됐다.

"안녕. 레이지."

누나는 늘 친절하게 자기보다 한참 어린 레이지에게 인사를 건

냈다. 부끄럽다는 듯 살며시 미소 띤 얼굴로.

레이지는 누나의 수줍은 웃음이 좋았다.

누나에게서 나는 달콤한 향기에 가슴이 콩닥콩닥 뛰었다.

베이킹을 좋아한 누나는 아이들에게 자주 쿠키나 컵케이크를 만들어 주곤 했다. 누나가 만든 과자는 엄마가 사다 준 것보다 맛있었고 먹으면 마음도 따뜻해졌다.

하지만 다른 아이들이 맛있다고 할 때 누나가 환하게 웃어 주는 건 싫었다. 레이지는 누나가 자기 말고 다른 누군가에게 웃어 줄 때마다 화가 났다.

누나가 다과회에서 먹을 케이크를 준비한다고 들었을 때 뾰족하게 가시 돋친 치졸한 감정이 들끓었던 것도 그래서였다.

맛있는 케이크가 구워지면 누나는 애들 사이에서 인기인이 될 텐데…. 하지만 절대로 그런 일이 일어나면 안 되었다.

누나가 두 번 다시는 자기 말고 다른 아이에게 과자를 만들어 주겠다고 생각하지 못하게 해야 했다. 그래서 누나를 돕는 척하면서 케이크 반죽에 주방에 있던 조미료를 모조리 쏟아부었다.

누나는 물론 주변 어른들 모두가 레이지를 똘똘하고 예의 바른 순진한 꼬마라고 믿었다. 그 때문에 레이지가 그런 짓을 했다고는 아무도 의심하지 않았다.

"도와줘서 고마워. 레이지."

누나는 여린 꽃봉오리처럼 웃으며 레이지에게 제일 큰 케이크를 주었다. 그런데 레이지가 맛없다며 얼굴을 찌푸린 순간 누나의 얼굴은 하얗게 질려 버렸다.

다른 아이들도 맛없고 이상한 맛이 난다며 차례차례 울음을 터트렸다. 덕분에 다과회는 엉망이 됐다. 누나는 몸 둘 바를 몰라 하며 금방이라도 눈물을 쏟을 것 같은 얼굴로 죄송하다며 계속 머리를 숙였다.

그 뒤로 그녀는 더욱 소심해졌다. 사람들의 시선을 두려워하며 늘 조용조용하고 조심조심 행동하게 됐다. 구부정하게 몸을 구부리고 항상 고개를 떨구고 다녔다.

예쁘게 꾸밀 줄도 몰라서 늘 촌스러운 모습이었다.

레이지는 누나의 그 모습이 더 좋았다. 아무 상관없었다.

그녀가 원래는 아주 예쁘다는 사실을 자신은 이미 알고 있었으니까.

무기네 집에 놀러 가면 화장실에 가는 척하면서 몰래 누나를 훔쳐보았다.

그때 안경을 벗은 얼굴이나 묶었던 머리를 풀은 모습을 봤다. 방에서 편한 옷을 입고 있을 때 드러나는 선이 얼마나 가냘프고 매끄러운지 뽀얀 피부가 얼마나 투명한지도 전부 다 보았다.

레이지는 이미 알고 있었다.

그래서 자신이 어른이 될 때까지 누나의 아름다운 모습을 숨겨야만 했다.

그녀가 예쁘다는 사실을 알면 분명 남자들이 가만두지 않을 테니까.

그렇게 둘 수는 없었다.

다과회 사건 이후로 누나는 레이지를 볼 때마다 흠칫거리며 하얗게 질려서 말도 제대로 하지 못했다. 그런 그녀에게 레이지는 늘 웃는 얼굴로 다가갔다.

그리고 조금씩 독을 주입했다.

"무기랑 누나는 자매인데 전혀 닮지 않았네요. 무기는 활달하고 사교적이잖아요. 얼굴도 귀여워서 학교에서 인기가 많아요."

"저는 처음에 누나가 무기 엄마인 줄 알았다니까요. 우리 엄마랑 비슷한 나이라고 생각했어요. 우리 엄마도 그렇게 말했거든요. '어머, 아니었어?' 하고 깜짝 놀라시더라고요. 너무하셨죠?"

"누나는 밝은 옷을 입으면 단점이 도드라져 보이니까 어두운색 옷이 더 어울려요."

"누나가 다과회에서 만들어 준 케이크 정말 맛이 없었어요. 지금도 트라우마로 남았다니까요."

"케이크 가게를 한다고요? 괜찮겠어요? 그때처럼 또 재료를 잘못 넣으면 어쩌려고요."

"전에 이 가게에서 사 간 마들렌은 좀 짜던데 그건 원래 그런 맛이에요?"

"쿠키가 좀 눅눅한 것 같아요. 아, 클레임은 아니니까 환불해 주실 필요는 없어요. 그냥 제 개인적인 의견이에요."

학년이 올라 갈수록 전처럼 무기네 집에 자주 놀러 갈 수는 없었다. 그래도 레이지는 우연을 가장해서 그녀와 정기적으로 마주쳤다. 누나가 자기 집 1층에 양과자점을 연 이후로는 손님으로 종종 들렀다.

그리고 그렇게 계속 누나에게 저주를 걸었다.

그녀가 실제 나이보다 훨씬 더 늙어 보이도록.

모두가 시시하고 촌스러운 여자라고 생각하도록.

그녀가 자신감을 되찾고 아름다운 모습을 다른 남자들 앞에서 무방비로 드러내지 못하도록.

그런데 독이 너무 과했을까? 언제부턴가 누나는 레이지만 보면 반사적으로 얼굴에 핏기를 지우고 오들오들 떨었다. 또 무슨 소리를 들을지 겁이 나는 사람처럼….

그런 모습을 볼 때마다 레이지는 죄책감은커녕 자신이 누나를 조종하고 지배할 힘을 가졌다는 사실에 기뻤다.

'나를 더 무서워해.'

'나를 더 겁내고 내 말에 상처받아. 내 말을 곱씹으며 누나가 종일 내 생각만 했으면 좋겠어.'

'지금은 무서워서 피하지만 내가 어른이 되면 그때는 누나만 위해 줄 테니까 걱정하지 마. 예쁘다, 귀엽다, 맛있다. 매일 칭찬해 주고 소중하게 아껴 줄게.'

그때는 누나도 자신을 좋아하게 될 거라고 믿었다.

이 세상에 자신을 사랑해 줄 남자는 한 명도 없다고 생각했을 테니 달콤한 말 몇 마디면 금세 넘어올 것으로 생각했다.

'그럴 계획이었는데….'

레이지는 오늘 이곳에 와서 자신이 큰 착각에 빠져 있었다는 사실을 깨달았다.

레이지가 그토록 오랜 시간을 들여 걸었던 저주는 이미 풀려 버렸다. 아름다운 모습과 자신감을 되찾은 그녀 옆에는 그가 아닌 다른 남자가 당연하다는 듯 서 있었다.

그녀가 이렇게 맛있는 레이어 케이크를 만들 수 있다는 사실도 처음 알았다.

빨간 과일잼의 진한 향기가 입안에 가득 퍼지고, 부드럽게 착 감기는 스펀지케이크와 깔끔한 생크림이 하나가 되어 목을 타고 미끄러져 넘어갔다.

'아, 맛있다.'

말 그대로 감동하고 말았다.

집사 스토리텔러는 다과회 케이크가 엉망이 된 진짜 이유를 말하지 않았지만 알고 있는 게 분명했다.

사정을 알고 레이지를 압박하며 앞날에 대한 훈계까지 잊지 않았으니까.

"사람은 실수를 저질러도 언제고 바로잡을 수 있는 존재죠."

분하지만 완벽한 패배였다.

엄청 맛있었어. 다음에 또 올 거야. 나도 자주 올래. 소마와 애들이 똑같은 테이블에 앉아서 만족스러운 표정으로 감상을 나누는 동안 레이지는 홀로 패배를 곱씹었다.

계산대 앞에 서자 그녀가 주방에서 나와 인사를 건넸다.

"오늘 와 줘서 고마워."

"정말 엄청 맛있었어요. 집에 가면 엄마한테 자랑해야겠어요."

"저도요. 아직도 입안에 라즈베리 향이 남아 있는 것 같아요."

"원래도 언니 팬이었지만, 저 이제 완전 찐팬이 됐어요."

그 틈에 섞여 레이지도 말을 건넸다.

"잘 먹었어요. 정말 맛있었어요."

일부러 만들어 낸 미소가 아니다. 독을 품지 않고 그저 느낀 대로 솔직하게 말했다.

지금껏 제대로 눈도 맞추지 못했던 누나가 그제야 눈을 크게 뜨고 레이지에게 고개를 돌렸다.

그녀의 입술이 예쁘게 호를 그렸다.

꽤 오랫동안 보여 주지 않았던 수줍은 꽃봉오리 같은 미소를 머금고 그녀가 말했다.

"고마워. 레이지."

그 모습을 지켜보는 스토리텔러의 표정은 다정하기만 하다. 레이지의 가슴에는 송곳 같은 예리한 상처를 남길 만큼….

◇ ◇ ◇

"레이지, 너 우리 언니 좋아하지?"

가게에서 나와 소마와 리카코, 가에데를 배웅하고 둘이 남자 무기가 뜬금없이 정곡을 찔렀다. 레이지는 무기와 별이 반짝이는 골목길을 걸었다.

"유치원 다닐 때 언니가 다과회에서 망친 케이크, 그거 네가 한 짓이지? 가타리베 씨 이야기를 들을 때 너 좀 이상했거든. 뭔가 확 꽂히더라."

무기는 레이지가 저지른 잘못을 정확히 꼬집었다. 레이지는 쓴웃음을 흘렸다.

"역시 아까 그 케이크에 독이 들어 있었네. 독이 든 케이크를 먹으면 죄가 만천하에 드러난다고 했잖아. 그 자식 도대체 정체가 뭐야? 내 눈에는 마계에서 강림한 악마로밖에 안 보여."

"나도 잘 몰라. 하지만 가타리베 씨가 온 뒤로 언니가 많이 달라졌어. 그 사람이 진짜 악마라고 해도 언니한테는 좋은 악마야."

"쳇, 그게 뭐야."

레이지는 다정하게 서로를 바라보던 두 사람의 모습이 떠오르자 다시 가슴에 아릿한 통증이 번졌다. 그때 무기가 뜻밖에 말을 꺼냈다.

"너는 내 소꿉친구니까 언니랑 잘 되길 응원할게. 물론 언니 마음이 가장 중요하지만. 그동안 네가 언니한테 심하게 굴었던 만큼 엄청난 노력이 필요할 거야."

"진심이야?"

"당연하지. 대신 너도 내 연애 좀 밀어줘야겠어."

"그거야, 상대가 누구인지에 따라 다르지."

"이건 너만 알고 있어. …소마야."

"뭐? 누구?"

전혀 예상치 못한 말에 레이지의 입에서 괴상한 목소리가 튀어 나왔다.

"소마? 뭐…, 좋은 녀석이기는 하지. 하지만 쉽지 않을 텐데. 그 자식 힘만 쓸 줄 아는 바보인 데다 눈치도 없잖아."

"노력해야지. 그러니까 동맹을 맺자는 거야. 나는 네 사랑을, 너는 내 사랑을 밀어주는 거지."

시나브로 걷다 보니 두 사람은 어느새 다시 양과자점 앞으로 돌아와 있었다.

"그것도 괜찮겠네."

사람은 언제든 실수를 바로잡을 수 있는 존재니까. 레이지는 지금까지 괴롭히는 방법으로 상대를 잡아 두려 했지만 이제 방법을 바꿔야 했다. 그런 방식으로는 절대 그 남자를 이길 수 없었다. 다시 마음속으로 작전을 짰다.

'지금부터는 누나에게 자상한 모습으로 다가가야겠어.'

'가게에도 더 자주 들러서 얼굴도장을 계속 찍어야겠어.'

'마침 가게가 가까이 있어서 다행이야. 물리적으로 거리가 가깝다는 점에서 내가 유리해.'

"그럼, 그렇게 하는 거다. 아, 가타리베 씨!"

생글거리며 손을 내밀던 무기가 갑자기 외쳤다.

가타리베가 가게 문을 열고 밖으로 나오고 있었다.

"아직 문 닫을 시간 아니잖아요. 왜요?"

"집에 일에 좀 생겨서요. 이럴 때는 집이 가까워서 편하네요. 역시 이사 오길 잘했어요."

가타리베는 레이지에게 가볍게 인사하고 연미복 차림 그대로 가게 옆에 있는 낡은 아파트로 들어갔다.

"야, 저 사람, 저기 살아?"

레이지가 그가 사라진 방향을 가리키며 묻자 무기가 태연히 대답했다.

"응, 마침 2층 언니 방 건너편에 있는 집이 비어서 이사했대. 우리 집 베란다랑 가타리베 씨네 집 창문이 가까워서 둘이 거기서 자주 얘기도 하고 그래."

"뭐? 둘이 너무 가깝게 지내는 거 아니야?"

"뭐, 그렇긴 해. 아침이나 자기 전에 잠옷 차림으로 얘기하기도 하니까."

"잠옷?"

'그건 나도 본 적 없는데!'

희미한 달빛이 드리워진 작은 양과자점과 그 옆에 우뚝 서 있는 아파트 사이에 선 레이지가 초조함에 머리를 쥐어뜯었다. 무기의 입에서 피식 웃음이 샜다.

"그러니까 다시 말하지만, 내 형부가 되고 싶다면 웬만한 노력으로는 힘들 거야."

그 말에 레이지가 힘껏 땅을 차며 소리쳤다.

"제길! 너도 똑같은 악마야!"

달도 웃고 있는 밤이었다.

티 타임

아릿하게 혀를 찌르는
'후추 비스퀴'

수업을 마치고 집으로 돌아가는 길.

레이지와 함께 석양이 비치는 공원 벤치에 잠시 앉아 쉬던 무기는 문득 작은 과일 통에 담긴 과자가 생각나 꺼냈다.

"아, 이건 언니가 가게에서 먹으려고 만든 후추 비스퀴야."

무기는 반달 모양으로 만든 구움과자를 레이지에게 내밀었다. 과자를 흘끔 본 레이지는 잘생긴 얼굴을 잔뜩 찡그렸다.

"음…, 레이지 기죽지 말고 힘내! 난 네가 전혀 승산이 없다고는 생각지 않아."

"약 올리는 거야. 지금 나한테 무슨 승산이 있다는 거야. 가타리베의 과거나 신변을 파헤쳐 그 자식이 악질 사기꾼 악당이었다는 사실을 폭로하든지, 아니면 다른 약점을 잡아서 가게에서 쫓아내는 편이 확실하지 않겠어?"

레이지가 분해 죽겠다는 듯 또 위험한 소리를 입에 담았다.

'아, 레이지. 악당같이 왜 그러는 거야. 지금 한 말을 너의 여자 팬들이 들으면 아마 울어 버릴 거야.'

레이지는 지난번 독이 든 레이어 케이크 사건 이후로 무기 앞에서는 더 이상 본모습을 숨기지 않았다. 가식을 버렸다는 건 좋은 일이지만, 학교에서는 성격 좋은 우등생 미소년으로 통하는 레이지가 거친 말투로 음산한 음모를 꾀하는 모습은 아무리 소꿉친구라도 좀 거부감이 들었다.

사실 무기가 서로의 연애를 밀어주자고 제안한 이유는 단순하다. 가타리베에게 완패하고 자포자기한 레이지가 혹시 언니와 그에게 무슨 짓을 저지르지 않을까 걱정됐기 때문이다.

그래서 하소연을 들어주면서 조금이라도 화를 누그러뜨려 볼 생각이었다. 겸사겸사 소마에 대한 정보도 얻을 수 있으면 누이 좋고 매부 좋은 일이고.

하지만 레이지는 가타리베가 옆 건물에 살면서 종종 잠옷 차림의 언니와 창문 너머로 대화를 나눈다는 말을 듣더니 날로 더 흑화 중이다. 이대로라면 정말 가타리베의 과거를 전부 들춰 내 약점을 찾거나 없으면 만들기라도 할 기세다.

'레이지라면 충분히 그러고도 남을 친구야.'

그러니 무기는 레이지에게 그런 짓까지 하지 않아도 승산이 있다는 사실을 알려 주어야 했다.

무기는 레이지를 향해 한껏 콧대를 세우고 결정적 카드가 될 극비 정보를 공개했다.

"사실, 언니는 가타리베 씨가 좋아하는 타입이 아닌 것 같아."

"뭐! 진짜?"

"가타리베 씨는 긍정적으로 이야기하고 서글서글한 타입을 좋아한대. 이상형이 밝은 성격에 큰 소리로 웃는 발랄하고 건강한 사람이래."

무기는 언니에게 들은 말을 기억해 냈다.

"오늘… 어떤 예쁜 여자 손님이 가타리베 씨한테 데이트 신청했었어. 그런데 가타리베 씨가 정중하게 거절하더라고. 그래서 만나는 사람이 있는지 내가 슬쩍 물어봤거든. 그랬더니 지금은 없지만 자기는 이상형이 옛날부터 한결같다고 말하더라. 그러더니 '그런 여자라면 진지하게 만나 볼 생각입니다. 물론 손님이라면 좀 곤란하겠지만요.'라고 했어."

언니는 풀이 팍 죽은 채 그렇게 말했었다.

그렇게 말하면서 언니의 어깨가 축 처졌던 이유는 그 이상형이 자신과는 정반대였기 때문이다. 심지어 "가타리베 씨는… 아무래도 나를 싫어하는 것 같아."라고 덧붙이기까지 했다.

"잠깐, 그런데 그 자식 이상형이… 딱 무기 너잖아."

"그렇지?"

언니도 레이지와 똑같이 말했다.

"가타리베 씨는… 혹시 널 좋아하는 게 아닐까? 아직은 네가 고등학생이니까 성인이 되기를 기다리고 있는지도 몰라. 그래, 분명 그런 걸 거야. 너한테는 특히 더 다정하잖아."

언니는 촉촉하게 젖은 눈으로 어깨까지 파르르 떨면서 "난… 너랑 가타리베 씨가 사귄다면 기…기쁜 마음으로 축하…할 거야."라고 말하며 슬픈 표정을 지었다.

"뭐야, 그 자식! 설마 로리콘olicon 아냐? 가게에 붙어 있는 목적이 너였다는 거야?"

레이지의 표정이 한순간에 밝아졌다.

"레이지, 꼭 그런 식으로 말해야 해? 그리고 나는 가타리베 씨가 가게에서 일하게 된 이후에 만났거든! 결정적으로 내가 가타리베 씨한테 나 같은 여자가 이상형이냐고 물어봤더니 '그러네요. 무기양 같은 아가씨면 정말 좋겠네요.'라고 하는데, 어른의 여유? 뭐, 그런 게 느껴졌다니까. 대수롭지 않게 넘긴 걸 보면 확실히 나는 아니야."

"너도 참, 그걸 또 대놓고 물어봤냐?"

레이지가 어이가 없다는 듯 쳐다보다 바로 표정을 굳혔다.

"그럼, 역시 누나를 노리고 있다는 거잖아."

"하지만 가타리베 씨가 말했대. 언니한테 가게 일 말고 다른 일로는 자기한테 다가오지 말라고. 사적으로는 절대 말을 걸지 말아 달라고 했다던데?"

"진짜?"

"그렇다니까. 그 얘기를 들은 언니는 우울해서 한동안 머리 위에 먹구름을 달고 다녔어."

레이지는 고개를 갸우뚱하며 무기에게 물었다.

"그 자식은 왜 그런 말을 한 거지?"

"글쎄…? 언니는 가타리베 씨가 자기를 싫어해서 그런 거라고 생각해."

"…."

"언니가 싫으면 애당초 언니 가게에서 일할 리가 없잖아. 뭔가 사정이 있거나 언니가 싫은 건 아니지만… 좀 불편할 수는 있지. 어느 쪽이든 네가 걱정하는 것처럼 가타리베 씨가 우리 언니한테 작업을 걸지도 않고, 주방에서 둘이 꽁냥거리지도 않아. 우리 언니는 가타리베 씨가 자기를 좋아할 거라곤 생각조차 안 해."

오히려 툭하면 가타리베 씨 이상형이 자기가 아니라는 것에 우울해하는 게 문제였다.

"그렇구나."

잠시 입을 꾹 다물고 있던 레이지는 나직이 중얼거렸다.

"좋았어!"

그러더니 다시 섬뜩한 얼굴로 눈을 반짝였다.

"그렇다면 나한테도 승산이 있다는 거네. 좋아, 나는 지금부터 누나한테 최대한 다정한 모습을 보여 줄 거야."

레이지는 방금까지 쳐다보지도 않던 후추 비스퀴를 집어 입안으로 휙 던져 넣었다.

"와! 뭐야, 이거! 후추 맛이 굉장히 진한데? 하나도 안 달아. 약간 빵 같기도 하고… 아무튼 굉장히 맛있어."

"맛있다니까."

사실 가타리베도 무척 마음에 들어 했지만, 무기는 레이지의 신경을 긁을 정보를 굳이 말할 필요는 없다고 생각했다.

"이거 가게에서도 팔아? 다음에 사러 가야겠다. 아니다. 오늘 갈래. 당장 가야겠어! 누나한테 내가 얼마나 다정한 남잔지 보여줘야 해!"

활력을 완전히 되찾은 레이지가 아릿한 후추 맛의 반달 모양 비스퀴를 입에 넣고 와그작와그작 씹으면서 말했다. 무기는 그런 레이지를 물끄러미 보며 생각했다.

'그래, 이 후추 비스퀴는 언니가 가타리베 씨를 위해 만든 과자라는 사실도 말하지 않는 편이 좋겠어.'

언니는 밤이면 잠옷에 카디건을 걸친 차림으로 베란다로 나간다. 그리고 건너편 아파트 창문에 가운차림으로 서 있는 가타리베와 신제품에 관한 이야기를 나누곤 한다.

그날도 그의 말에 달빛을 머금은 언니의 뺨이 봉긋하게 솟아 희미하게 빛났다.

"개인적으로는 와인 안주로 먹을 수 있는 과자가 있으면 좋겠다는 생각을 해 봤어요."

"와인에 어울리는 과자라…. 후추를 넣은 과자는 어떨까요?"

"좋은데요? 살짝 기분 좋을 정도의 아릿한 자극은 뇌를 활발하게 움직이게 하죠. 막혀 있던 생각을 뚫어 주는 효과가 있을 것 같네요. 간단히 집어 먹을 수 있게 만들려면 사브레Sablé나 머랭이…."

"그럼 반달 모양 비스퀴는…? 너무 심심할까요?"

"아, 그럼 가장자리에 프릴을 단 것처럼 만들죠. 가장자리가 물결처럼 일렁이는 반달이라…, 상상력이 자극되네요. 포장에 쓰는 바다색 리본이 돋보이도록 후추 알갱이를 토핑해도 좋겠어요. 리본을 풀고 봉투를 여는 순간 후추 향이 코끝을 찡하게 자극하면 저도, 손님도 그 향에 바로 군침이 돌겠는데요?"

"네, 물결처럼 일렁이는 반달이라니 정말 멋져요. 바로 시제품을 만들어 볼게요."

"기대할게요."

이렇게 두 사람이 주고받는 달콤한 목소리를 듣고만 있어도 무기는 심장이 간질간질했다. 그런 날 말고도 두 사람이 대화를 나누는 모습을 무기는 종종 보고 들었다.

은은하게 빛나는 달빛 아래의 창가나 영업이 끝나고 고요해진 주방에서.

말주변이 없는 언니가 하나씩 톡톡 단어들을 꺼내 놓으면 가타리베가 정성스럽게 주워 담아 반짝이게 닦았다. 언니가 너무 무난하지 않을지 걱정하면 그는 녹아내릴 듯 달콤한 목소리로 그렇지 않다고, 너무나 멋진 생각이라고 답해 주었다. 그리고 이렇게 저렇게 하면 더 멋진 과자가 되지 않겠느냐는 아이디어를 자연스럽게 더했다.

그러면 언니도 한층 더 달콤해진 목소리로 꿈을 꾸며 속삭이듯 말했다.

"아, 바바루아 크림 안에 살구 한 알을 통째로 넣어도 좋겠네요. 살구는 레몬즙으로 절이면 어때요?"

그러면 가타리베의 목소리는 더욱 화사해졌다.

"케이크 속에 또 다른 재미가 숨어 있으면 정말 가슴 설레는 상품이 되겠네요. 저도 재밌게 이야기를 풀어갈 수 있겠어요."

"정말요? 모양이나 맛도 고객님의 가슴을 두근두근 설레게 하는 케이크를 만들고 싶어요."

이렇게 화답하며 수줍은 눈을 반짝반짝 빛내는 언니의 얼굴을 그는 언제나 다정한 눈빛으로 바라봤다. 그 시선을 느낀 언니가 뺨을 발그레하게 물들이고 부끄러운 듯 고개를 숙이면 그는 그런 모습이 더 사랑스럽다는 듯 미소지었다.

언니는 가타리베 씨가 자신을 싫어한다고 했지만 절대 그렇지 않았다.

그가 가장 다정하게 대하는 사람은 누가 봐도 언니였으니까.

가게를 새로 단장하고 다시 문을 열었을 때 무기는 가타리베에게 왜 언니 가게에서 일하기로 했는지 물어보았다.

"가타리베 씨는 전에 평범한 회사에서 일하셨죠? 그런데 왜 갑자기 전혀 다른 분야인 케이크 가게를 선택하신 거예요?"

그가 싱긋 눈꼬리를 접고 대답했다.

"저는 모든 걸 바치는 걸 좋아하거든요. 제 모든 걸 바칠 만한 가치가 있는 사람이나 물건을 만났다면 이건 운명이 아닐까요? 스스로 더할 나위 없이 훌륭하다고 생각하는 것에 커다란 자부심을 느끼고 이야기할 수 있다면, 스토리텔러로서 그보다 더한 기쁨은 없겠죠."

예상치 못한 거창한 대답에 무기는 민망해졌다.

'언니가 운명의 사람이라는 건가?'

그때는 가타리베 씨가 언니와 사귀는 사람인가 싶기도 했다. 하지만 그 후로 언니가 "가타리베 씨는 나를 싫어해", "가게 일 말고 다른 일로는 다가오지도 말고, 말도 걸지 말아 달래."라며 속상해하는 모습을 몇 번이나 봤다. 그럴 때마다 그는 도대체 어떤 사람이고, 왜 주택가에 있는 작은 양과자점에서 점원으로 일하는지 도무지 이해할 수 없었다.

그렇게 가타리베 쓰쿠모라는 남자를 둘러싼 수수께끼는 점점 더 미궁 속으로 빠져들었다.

'모든 걸 바치고 싶은 사람에게 절대 다가오지 말라고 할 리가 없잖아.'

하지만 검은 연미복을 입은 스토리텔러가 나타나 언니의 옆에서 힘이 되어 주고 있다는 것 또한 명백한 사실이었다.

'아, 모르겠다. 가타리베 씨의 진심은 모르겠지만 적어도 언니가 그 사람을 좋아하는 건 분명해.'

무기는 빨리 가게로 가자고 재촉하는 레이지 옆에서 반달 모양의 후추 비스퀴 한 개를 집어 입에 넣었다. 후추의 아릿한 맛이 혀와 뇌를 자극했다.

일단 언니가 가타리베 씨를 짝사랑한다는 사실은 레이지에게 비밀로 해야겠다.

네 번째 이야기

장미와 달이 품고 있는
시원한 과즙
'비치 멜바'

"아시에트 데세르Assiette Dessert요? 우와! 대박! 료고 씨, 같이
가실래요?"

자신을 대학생이라고 소개한 젊은 남자가 말했다. 그는 핑크색
루즈핏 티셔츠를 입고 생기 넘치는 눈동자를 반짝거렸다.

순간적으로 멍해졌던 료고는 급히 고개를 끄덕였다.

"조, 좋아."

료고가 매일 출퇴근하면서 지나는 길에 양과자점이 있다.

주택들 사이에 파묻힌 특징 없는 가게였다. 그래서 딱히 무슨
가게인지 궁금하지도 않았다.

그랬던 가게가 올봄 초에 리모델링 공사를 진행하더니 유리창 너머로 케이크를 진열하는 쇼케이스와 보석함 같은 구움과자 세트, 매장 취식용 둥근 테이블이 보이는 멋진 가게로 변신했다.

스토리텔러가 있는 양과자점
'달과 나'
이쪽으로 오세요.

갈림길 앞에는 산뜻한 바다색 바탕에 레몬색 원이 그려진 입간판도 세워졌다. 스토리텔러가 뭐지? 료고는 가게 앞을 지나칠 때마다 온 신경이 그쪽으로 쏠려 항상 안절부절못했다.

사실 료고는 소심한 케이크 마니아다.

어릴 때부터 달콤한 간식이라면 사족을 못 썼다. 용돈을 받으면 하굣길에 있는 편의점에서 아이스크림이나 초콜릿, 쿠키를 사는 데 거의 다 써 버리곤 했다.

일 년 중 케이크를 먹을 수 있는 생일이나 크리스마스를 제일 좋아했다. 그리고 크리스마스 몇 달 전부터 올해는 어떤 케이크가 출시될지 상상하며 그날만을 손꼽아 기다렸다.

취직하고 독립해 혼자 사는 요즘은 편의점 디저트에 빠져 이것 저것 비교하며 먹어 보고 노트북 메모장에 감상을 적었다.

료고는 편하게 마음껏 케이크 맛집을 찾아다니고 싶었다. 그것이 그가 꿈꾸는 간절한 소망이다. 하지만 누군가에는 소박할 그 소망이 그에게는 결코 넘을 수 없는 높은 장벽이었다.

소심하고 부끄러움이 많은 료고에게는 그랬다.

이제 곧 서른아홉에다 미혼인 남자. 키는 190센티미터에 육박하는 장신이고 몸무게도 100킬로그램이 넘는 거구다. 눈썹은 또 왜 이렇게 굵은지….

쓸데없이 덩치만 큰 꾀죄죄한 아저씨가 예쁜 케이크 가게에서 밀푀유Mille-Feuille나 딸기 샹티 같은 앙증맞은 이름이 붙은 케이크를 주문하는 걸 상상해 보라. 어울리지 않는 정도를 넘어 상상하기만 해도 얼굴에 열이 오를 일이다.

결혼이라도 했다면 가족 선물이라는 핑계로 케이크를 살 수도 있겠지만 안타깝게도 아직 미혼이다. 수줍음 많고 소심한 성격 탓에 이 나이 먹도록 여자를 사귀어 본 적이 없다.

가게 점원은 손님이 미혼인지 기혼인지 신경 쓰지 않는다고 스스로 타일러 보지만, 막상 눈부시게 빛나는 케이크가 진열된 가게 앞에 서면 저도 모르게 몸이 뻣뻣해지고 땀이 비 오듯이 흐른다. 그래서 오늘도 결국 편의점 디저트나 사야겠다며 도망치듯 가게에서 멀어졌다.

편의점에 가서도 캔 맥주나 반찬들 사이에 조각 케이크 한 개를 슬쩍 끼워 몰래 사는 역대급 부끄럼쟁이다.

저 아저씨는 항상 달콤한 디저트를 사 가네. 으… 싫다. 저 덩치에 앙증맞은 디저트라니 너무 안 어울리잖아. 그런 소리를 들을까 봐 같은 편의점을 연속해서 이용하지도 않는다.

어릴 때부터 동급생보다 키가 컸던 료고는 항상 눈에 띄었고 자연스레 놀림도 많이 당했다. 필요 이상으로 다른 사람의 시선을 신경 쓰는 성격은 그때 굳어졌다.

운동이라도 잘하면 멋있을 텐데 막상 운동부에 들어가니 요령이 없어 뭘 해도 시원치 않았다. 덩칫값도 못 한다며 모두에게 실망만 안겨 줄 뿐이었다.

그렇게 살다 보니 자신처럼 우락부락한 남자가 케이크를 좋아하는 건 부끄러운 일이라는 편견이 깊게 뿌리박혔다. 이제는 거기서 벗어날 수가 없다. 그래서 스토리텔러 양과자점이 새 단장을 마치고 다시 문을 열었을 때도 곁눈질로 슬쩍슬쩍 훔쳐보기만 했다. 들어가 보고 싶고 케이크를 사고 싶다는 생각은 굴뚝 같았지만 아직 한 번도 문을 열지 못했다.

료고에게 '달과 나'는 내일모레 마흔을 앞둔 꾀죄죄한 아저씨가 절대 발을 들이면 안 되는 성지나 마찬가지였다.

그런데 여름의 초입에 들어선 어느 날 그 성지의 문에 안내문 한 장이 붙었다.

'아시에트 데세르 판매 개시!'

레스토랑 코스요리에서 마지막에 제공되는 요리인 아시에트 데세르는 즉석에서 만들어 접시 위에 예쁘게 담는 디저트다. 물론 료고가 먹어 본 적이 없고 인터넷에서 봤을 뿐이다.

안에서 뜨겁게 녹인 초콜릿이 흘러나오는 퐁당 쇼콜라Fondant au Chocolat에 차가운 소르베Sorbet(셔벗)를 곁들이거나, 커스터드 크림을 채운 파이 위에 설탕 시럽을 뿌려 반짝이는 둥근 지붕처럼 덮기도 하고, 아이스케이크를 바삭한 머랭으로 둘러싸 만들기도 한다. 어느 것이든 넋을 잃고 바라보게 되는 작품들이다.

'아, 꿈에 그리던 아시에트 데세르!'

'죽기 전에 한 번만이라도 먹어 봤으면….'

하지만 이건 가게에서 케이크를 사는 일과는 전혀 차원이 다른 문제다.

그때 유리창 안쪽에 있는 둥근 테이블 두 개가 눈에 들어왔다. 저 테이블에 앉아 아시에트 데세르를 먹어야 한다는 말인데…. 고양이 발처럼 가는 다리가 달린 의자는 료고의 몸에 비해 너무 작았다. 앉는 순간 뚝 부러질 것 같았다.

료고는 예쁜 케이크 가게에 들어가 귀여운 의자에 앉은 자기 모습을 그려 봤다. 둥근 테이블 위에 놓인 눈부실 정도로 예쁘게 장식된 디저트를 손가락만 한 포크로 먹는 모습도 상상했다. 상상만으로도 부끄러워 몸이 배배 꼬였다.

'안 돼! 전혀 어울리지 않아! 이건 디저트에 대한 모독이야.'

가게에 온 손님들도 190센티미터의 거대한 아저씨가 앙증맞은 디저트를 먹고 있는 걸 보면 깜짝 놀랄 것이다.

오늘 케이크 가게에 갔는데 산적같이 생긴 아저씨가 귀여운 디저트를 먹고 있더라며 웃겠지. 그리고 며칠 동안 화젯거리로 삼을지도 모른다.

'아, 그래도 아시에트 데세르는 꼭 먹어 보고 싶다! 너무너무 먹고 싶다고! 돌아 버리게 먹고 싶어!'

'그렇지만… 역시 안 되겠지?'

료고는 그날도 어깨를 축 늘어뜨리고 가게 앞을 떠났다. 불과 며칠 후 그의 디저트 인생에 한 획을 그을 사건이 일어날 줄은 꿈에도 모른 채로.

그다음 주 일요일.

료고는 역 개찰구 앞에서 누군가를 기다리고 있었다.

열차가 도착하자 승객들이 우르르 개찰구로 몰려나왔다. 료고는 그 사이에서 흰색 루즈핏 티셔츠를 입고 검은색 웨이스트 백을 가슴 앞으로 비스듬히 멘 남자를 발견했다. 연한 핑크색 바지에 선명한 핑크색 스니커즈를 신은 남자가 눈에 들어오자 가슴이 세차게 뛰기 시작했다.

료고는 환하게 웃으며 손을 흔들었다.

"요시히사!"

그를 발견한 상대도 활짝 웃었다. 요시히사가 찰랑찰랑한 갈색 머리를 흔들며 뛰어왔다.

"료고 씨, 안녕하세요! 시간 내 주서서 감사해요!"

"나야말로, 같이 가 줘서 고마워. 전부터 가 보고 싶었던 가게였거든. 그런데 도저히 혼자서는 못 들어가겠더라고."

"별말씀을요. 저도 아시에트 데세르가 궁금했어요. 인터넷으로 검색해 봤더니 다들 극찬하더라고요. 이번 달에는 '피치 멜바Peach Melba'래요."

"복숭아라니. 더 기대되는걸!"

"그쵸! 너무 기대돼요! 어서 가요!"

요시히사가 톤이 높은 밝은 목소리로 활기차게 대답했다. 료고는 한 케이크 커뮤니티의 오프라인 모임에서 그를 만났다.

여러 가게의 과일 타르트를 종류별로 사서 다 같이 조금씩 맛보는 모임이었다. SNS로 참가자를 모집했는데 평소에는 부러워하면서도 직접 참여해야겠다는 생각은 꿈에도 하지 못했다. 그런데 그날은 어째서인지 좀 달랐다.

취소자가 생겨서 한 명을 급하게 구합니다! 케이크를 좋아하는 분이시라면 누구든지 환영합니다. 내일 참여하실 수 있는 분 꼭 연락 바랍니다. 혼자 오시는 분도 많습니다. 케이크를 좋아하는 여러분, 즐거운 시간 함께해요!

퇴근길 지하철 안에서 공지를 확인한 료고는 눈을 뗄 수가 없었다. 안 그래도 회사 일이 늦게 끝나서 지쳐 있었고 케이크가 너무 먹고 싶었다. 편의점 디저트가 아니라 파티시에가 만든 반짝반짝 빛나는 케이크다. 그런 굶주림에 허덕이고 있었기 때문일까?

가 볼까 하는 생각이 떠오르자마자 무언가에 홀린 듯 주최자에게 메시지를 보내 참여 의사를 밝혔다.

감사합니다. 그럼, 기다리겠습니다.

그런데 막상 답장과 함께 도착한 모임 장소 안내장을 보고 그제야 사고를 쳤다는 후회와 불안이 몰려들었다. 료고는 다음날 모임 장소에 도착할 때까지 터질 듯이 뛰는 심장 때문에 숨도 제대로 쉬지 못했다. 잠깐만 방심하면 다리에 힘이 빠져 휘청거렸다.

디저트 커뮤니티 오프라인 모임이니 분명 여자들이 많을 거다. 젊은 여자들이나 고상한 부인들 가운데 자신만 혼자 남자일지 모른다는 생각이 머릿속을 뱅뱅 돌았다.

생각하면 생각할수록 무서워서 식은땀만 흘렸다. 그런데 막상 도착해 보니 놀랍게도 서른 명 정도 되는 참여자 중 절반 이상이 남자였다.

료고와 비슷한 나이거나 그 위로 보이는 남자들도 몇 명 있었다. 그들은 서로 아는 사이인지 자연스럽게 대화를 나누었다.

주로 20대로 보이는 젊은 남자들이 많았다. 조리 전문학교에 다니며 파티시에를 꿈꾸는 학생과 디저트 블로그를 운영하는 대학생도 있었다. 모임은 활기로 가득했다.

누군가 메모지 크기의 종이를 건네며 이름을 써서 셀로판테이프로 가슴에 붙이라고 했다.

다들 SNS에서 쓰는 닉네임을 적은 듯해서 료고도 '료고'라고 적었다.

'케이크를 좋아하는 남자가 이렇게 많을 줄이야.'

어느 가게의 케이크가 맛있다, 그 가게 한정판 케이크는 꼭 먹어 봐야 한다, 오늘은 주최자가 인맥으로 부탁해서 특별 주문한 망고 타르트가 나올 거다, 여기저기서 활발하게 정보를 주고받는 목소리들이 들렸다.

모두가 즐거워 보였다.

'요즘 젊은 사람들은 카페에서 케이크를 먹는 남자를 이상하게 생각하지 않는구나.'

'내가 어렸을 때랑은 생각 자체가 다르네.'

'세상 참 좋아졌어.'

료고의 머릿속에 즐거운 생각이 떠다녔다. 비슷한 또래의 사람들과 이야기를 나눠 보고 싶었지만 이미 친한 사이인 듯해 끼어들기 망설여졌다. 말 붙이기를 주저하고 있던 그때 먼저 말을 걸어온 사람이 요시히사였다.

"안녕하세요. 케이크 모임에는 자주 오세요? 전 오늘이 처음이거든요."

"아, 저, 저도 처음이에요."

"정말요? 이거 든든한데요."

연한 핑크색 티셔츠를 입은 그는 그런 티셔츠가 잘 어울릴 만큼 날씬한 체형에 생김새도 귀여운 편이었다. 그의 가슴에 '요시히사'라고 적힌 종이가 붙어 있었다.

그날 료고는 사교성이 좋은 요시히사와 케이크에 관해 많은 이야기를 나눴다.

요시히사도 케이크를 좋아했다. 여기저기 맛집을 찾아다니는데 오사카와 고베까지 간 적도 있다고 했다.

"파리에 가서 케이크 맛집 투어도 하고 싶거든요. 그래서 돈을 모으느라 요즘 열심히 아르바이트 중이에요."

실제로 가 본 가게가 거의 없었던 료고는 대신 가 보고 싶었던 곳들에 관해 이야기했다.

"아, 거기라면 '시부스트Chiboust'가 진짜 맛있어요! 캐러멜화 Caraméliser한 설탕이 적당히 씁쓸하고 식감이 바삭바삭해서 죽이거든요!"

그가 특정 가게를 말하면 요시히사가 그곳에서 파는 제품을 추천해 주었다.

"그 가게는 슈크림Chou à la Crème이 끝내 주죠! 그 자리에서 커스터드 크림을 듬뿍 채워 주는데, 둘이 먹다 하나가 죽어도 모른 다니까요."

케이크를 좋아한다는 공통 관심사가 있어서인지 나이 차가 꽤 나는 데도 말이 잘 통해서 평소 말수가 적은 료고도 그날은 꽤 수다를 떨었다.

즐거웠다. 망고와 멜론, 복숭아와 딸기, 루바브와 리치, 체리와 자몽 등 테이블을 가득 메운 색색의 타르트를 모두가 함께 자르는 것도.

"으악, 망쳐 버렸네."

"괜찮아요. 료고 씨. 저도 마찬가지예요."

케이크를 자르다 실패한 뒤 호들갑을 떨어도 즐거웠고, 케이크 가게에서 일한다는 한 회원이 예술적인 솜씨로 타르트를 자르는 모습을 보고 모두가 "와!" 하고 탄성을 내지르는 순간도 즐거웠다.

료고는 작게 자른 타르트를 종이 접시에 산처럼 쌓아 놓고 먹으며 모두와 이야기를 나눴다.

"료고 씨, 이 망고는 입에서 살살 녹아요."

"요시히사, 딸기 타르트 좀 먹어 봐. 와, 정말 최고!"

그때 긴장이 완전히 풀린 료고가 슬쩍 '달과 나'에 관한 이야기를 꺼냈었다.

"우리 집 근처에 케이크 가게가 있는데 요즘 아시에트 데세르를 판매하기 시작했어. '달과 나'라는 좀 독특한 이름의 가게인데…"

요시히사가 눈동자를 반짝이며 관심을 보였다.

"달과 나! 거기 요즘 케이크 마니아들 사이에서 유명한 곳 아니에요? 저도 중학교 때까지 그 근처에 살았거든요. 그런 가게가 생겼다고 해서 안 그래도 궁금하던 참이었어요. 와! 아시에트 데세르요? 우와! 대박! 같이 가실래요?"

물론이다. 료고에게는 감히 꿈도 못 꿨던 엄청난 기회였다.

"조, 좋아."

료고는 굳은 의지를 담아 대답했다. 설령 교통사고로 목숨만 간신히 붙어 병원으로 옮겨지더라도, 미라처럼 온몸에 붕대를 칭칭 감고서라도 침대에서 기어 나와 반드시 가야 했다.

"달이 밤하늘이 아니라 파란 하늘에 떠 있어서 더 멋진데요! 전 벌써 이 가게가 마음에 들어요."

요시히사가 쾌청한 하늘색 벽에 걸린 명패를 보며 말했다. 보름달 모양의 노란색 명패에 파란 글씨로 '달과 나'라고 쓰인 가게 이름을 바라보는 그의 얼굴에 설렘이 그대로 드러났다.

료고도 점점 흥분되었다.

태양이 쨍하고 내리쬐던 어느 주말이다. 두 사람은 투명한 유리문을 열고 '달과 나'로 들어갔다. 시원하고 쾌적한 공기 속에 버터와 크림, 과일의 달콤한 향기가 떠다녔다. 그 사이를 가르며 오페라 가수 같은 나직한 목소리가 또렷하게 울렸다.

"어서 오세요. 스토리텔러가 있는 양과자점입니다."

서른 살쯤 돼 보이는 남자였다. 윤기 있는 흑발을 깔끔하게 뒤로 넘긴 검은 연미복 차림의 직원이 정중하게 고개를 숙였다.

정말로 집사가 있었다. 료고는 인터넷에서 찾아본 정보와 똑같은 가게 풍경에 가슴이 뛰기 시작했다. 옆에 있는 요시히사도 눈을 반짝였다.

"실례합니다. 아시에트 데세르를 주문하고 싶은데요. 먹고 갈 수 있나요?"

막상 가게로 들어서니 긴장이 몰려와 혀가 굳어 버린 료고를 대신해서 요시히사가 쾌활한 목소리로 물었다.

다시 매력적인 집사의 미성이 흘러나왔다.

"물론입니다. 이쪽으로 앉으시죠."

그가 두 자리 중 한쪽 테이블로 안내했다. 고양이 발같이 가는 다리가 달린 의자는 역시 거구인 료고에게 조금 비좁았다. 하지만 그런 것 따위에 신경 쓸 정신이 없을 정도로 이미 흥분이 고조된 상태였다.

"오늘의 아시에트 데세르는 '로즈문'입니다. 장미 향으로 감싼 피치 멜바죠. 괜찮으시다면 장미 꽃잎을 띄운 복숭아 티도 함께하시면 어떨까요?"

"네, 같이 주세요."

"저, 저도 그걸로 하죠."

"알겠습니다. 바로 준비해 드릴 테니 잠시만 기다려 주세요."

집사가 자리를 떠나자마자 요시히사가 료고에게 얼굴을 바짝 붙였다.

"진짜 있네요. 집사가…."

"그러게. 참 인상적이네."

"쇼케이스에 있는 케이크도 다 맛있어 보여요. 이 가게 제품은 전부 보름달이나 반달, 아니면 초승달 모양으로 만드나 봐요."

"초승달 모양의 '에클레르Eclair'도 복숭아 맛 같아. 갈 때 포장해 갈까?"

"저는 반달 모양 커스터드 파이가 궁금해요. 그리고 스페셜 위크엔드도요."

"음, 그렇군. 스페셜은 꼭 먹어 봐야겠지? 인터넷에서 보니까 새콤달콤한 맛에 와삭하고 부서지는 식감이 중독적이라고 다들 극찬하더라고."

"맞아요."

두 사람이 한창 케이크 이야기에 빠진 사이에 직원이 유리그릇에 담긴 피치 멜바 두 개를 은색 쟁반에 받쳐 들고 왔다.

반들반들한 분홍빛 복숭아가 그보다 살짝 연한 핑크색 얼음으로 감싸고, 그 위에 진분홍색 장미 꽃잎이 뿌려져 있었다.

우아한 자태에 입이 다물어지지 않는다. 복숭아의 크기와 과즙이 흘러넘칠 듯한 신선한 모습에 료고는 저도 모르게 신음을 뱉을 뻔했다. 요시히사도 매끄러운 뺨에 홍조를 띄웠다.

"오래 기다리셨습니다. 장미 향으로 감싼 피치 멜바입니다. 피치 멜바는 19세기의 위대한 요리 연구가 오귀스트 에스코피에가 런던의 사보이호텔에서 셰프로 일할 당시 소프라노 가수 넬리 멜바를 위해 만든 디저트로 알려져 있습니다."

직원이 정중한 말투로 말했다.

"저희 가게에서는 장미 시럽에 담가서 하룻밤 절인 복숭아를 차갑게 식히고, 장미와 와인을 섞어 만든 차가운 그라니테Granité(알갱이가 씹히도록 분쇄한 얼음)로 폭신하게 감싸 연출했습니다."

케이크를 가리키는 직원의 동작은 우아했다.

"복숭아 아래에는 살짝 굳힌 커스터드 크림과 바닐라 아이스크림이 있습니다. 그 아래에 잘게 잘라 와인 시럽에 절인 복숭아를 숨겨 두어 마지막까지 촉촉한 복숭아를 즐길 수 있으실 겁니다. 토핑으로 올린 장미 꽃잎도 드실 수 있습니다. 아이스크림이나 커스터드 크림에 찍어서 드셔 보세요."

노래하듯 흘러나오는 집사의 설명을 듣는 중에도 빨리 먹고 싶은 마음에 몸이 들썩거렸다.

"잘 먹겠습니다."

요시히사가 한껏 들뜬 목소리로 외친 뒤에 숟가락을 들었다.

"잘 먹겠습니다."

료고도 똑같이 작게 인사한 뒤에 윤기가 반지르르한 복숭아에 숟가락을 찔러 넣었다.

그릇과 숟가락 모두 차가운 게 시원하기 그지없다.

큼지막한 복숭아는 과즙이 풍부해서 부드러웠고 숟가락 끝으로 탄력이 느껴질 만큼 탱글탱글했다. 크게 잘라서 입가로 가져갔더니 우아한 장미 향이 코끝을 간지럽혔다.

'아, 황홀해.'

이대로 계속 이 황홀한 향기를 맡고 싶었다.

하지만 숟가락 위에서 흔들리는 연한 분홍색 과일을 빨리 맛보고 싶다는 유혹을 뿌리칠 수 없었다.

결국 조심스럽게 입에 넣었다.

'우…와….'

차가운 식감과 함께 화려한 장미 향이 혀 위에서 춤을 추고, 씹는 순간 약간의 산미를 품은 달콤한 과즙이 탁 터지며 목을 타고 부드럽게 넘어갔다.

료고는 로즈문의 감미로운 맛에 취해 버렸다.

얼음을 잘게 간 상태로 만든 그라니테는 아삭아삭한 식감에 장미와 와인 향을 머금고 있었다. 살짝 굳힌 커스터드 크림과 바닐라 아이스크림을 같이 떠서 입에 넣는 순간 또 한 번 꿈속을 떠다니는 몽롱한 기분이 들었다.

'행복에 맛이 있다면 분명 이런 맛일 거야.'

'아, 행복해.'

황홀경에 빠져 행복을 되뇌는 료고의 맞은편에서 요시히사가 다리를 동동 굴렀다.

"크…! 이 아이스크림은 바닐라빈이 듬뿍 들어갔네요. 커스터드 크림과 장미 향이 이렇게 잘 어울릴 줄 몰랐어요! 복숭아도 완전 과즙 폭발! 향이 정말…!"

맛있어서 먹기를 멈출 수가 없었다. 아직 주문한 차가 나오지도 않았는데 그릇 속 음식이 빠르게 줄어들어 갔다.

두 사람 모두 정신없이 먹다 보니 그릇 밑에 깔린 잘게 자른 복숭아 층이 드러났다.

"와아!"

"정말 상상 그 이상이에요."

또 한 번 동시에 탄성을 질렀다.

"오늘 먹으러 오지 않았으면 평생 후회할 뻔했어요. 좋은 정보 알려 주서서 감사합니다."

"무슨 소리야. 나야말로! 덕분에 줄곧 와 보고 싶었던 가게에 올 수 있었어. 내가 얼마나 고마워하는지 모를걸. 나 혼자였다면 절대 오지 못했을 거야."

료고의 말에 요시히사가 의아하다는 듯 고개를 갸웃했다.

"왜요? 료고 씨는 근처에 사시니까 언제든지 올 수 있잖아요."

그 말에 료고는 얼굴을 빨갛게 물들이며 생각했다.

'아… 그래. 너한테는 그게 그렇게 쉬운 일이겠지.'

'넌 나와 달리 젊고, 혼자 케이크 가게에 들어가도 전혀 이상하지 않은 귀여운 얼굴에 날씬하니까….'

'나는 절대 입을 수 없는 핑크색 옷도 너한테는 평범한 패션이잖아.'

'나도 이런 몸으로 태어나고 싶지 않았어.'

갑자기 서글퍼진 료고는 쓴웃음을 지으며 대답했다.

"나는 너처럼 젊지도 그렇다고 멋지지도 않잖아. 핑크색 옷도 자연스럽게 소화하고 어디서나 환영받는 너 같은 남자는 이런 기분 이해하지 못해. 나 좀 봐. 이렇게 꾀죄죄한 데다 쓸데없이 키만 커서 어딜 봐도 케이크랑은 어울리지 않잖아. 그래서 도저히 혼자서는 예쁜 케이크 가게에 들어가지 못하겠더라고. 부끄러워서…. 오프라인 모임에서는 케이크에 대해 잘 아는 것처럼 말했지만 사실 전부 SNS에 다른 사람이 올린 케이크 사진이나 글을 보면서 상상했을 뿐이야. 실제로는 거의 먹어 본 적이 없어."

요시히사의 얼굴에서 미소가 사라졌다. 깔끔하게 정리된 눈썹 끝에 힘이 빠지고 꾹 다문 입꼬리가 아래로 떨어졌다.

료고는 괜히 우울한 이야기를 꺼낸 탓에 그의 기분까지 망쳐 버렸다고 생각했다.

모처럼 즐겁게 이야기하고 있었는데 자기 때문에 망쳐 버린 것 같아서 미안해지려던 찰나….

"아니에요."

그가 겨우겨우 짜낸 듯한 목소리로 대답했다.

"저야말로."

어째서인지 곧 울음이라도 터트릴 얼굴이었다.

요시히사는 두 손을 꽉 쥐고 가는 어깨를 잘게 떨었다. 입술을 짓씹는 그의 눈에는 눈물까지 옅게 번져 있었다.

"요시히사… 미안해."

당황한 료고는 바로 사과했다.

그때였다.

"혹시 너 미쿠니?"

가게에서 빵을 고르던 한 여자가 말을 걸어왔다. 료고보다 조금 더 나이가 있어 보이는 여자였다.

"어머, 어머, 너 미쿠 맞지? 머리가 짧아서 언뜻 남자애인가 싶었는데 사에키 씨네 미쿠 맞네!"

'미쿠라니… 요시히사가 미쿠라고?'

'그리고 지금 뭐? 남자애인가 싶었는데? 무슨 소리야. 요시히사는 남자잖아….'

요시히사가 굳은 표정으로 여자에게 인사했다.

"오랜만에 뵙네요. 미야카와 아주머니."

'뭐야? 정말로 요시히사가 미쿠야?'

'이게 도대체 무슨….'

요시히사는 잠시 여자와 대화를 나누었다. 요시히사에게 말을 걸었던 여자가 구매한 케이크를 받아 가게를 나간 뒤에야 다시 료고에게 고개를 돌렸다. 조금 전까지 료고의 얼굴에 드리워져 있던 어두운 그림자가 지금은 요시히사의 얼굴에 있었다.

"이제 아셨죠? 저, 여자예요."

료고 가슴 위로 묵직한 무언가가 쿵 떨어졌다.

'요시히사가 여자?'

하긴 여자처럼 날씬하고 얼굴도 귀엽다고 생각했다. 그러고 보니 목소리 톤도 높은 편이다. 하지만 요즘 젊은 남자들은 원래 그런가 보다 하고 대수롭지 않게 넘겼는데….

"원래 이름은 미쿠예요. 한자로 아름다울 미美에 오랠 구久를 써요. 요시히사로도 읽을 수 있어서 닉네임을 그걸로 한 거고요."

"…왜, 남자인 척했어?"

"'척'이 아니에요."

다시 눈썹 끝을 힘없이 떨어뜨린 그가 당장이라도 꺼질 듯한 목소리로 말을 이었다.

"이게 원래 저예요. 저는 여자지만… 한 번도 제가 여자라고 생각한 적이 없어요. 집에 있을 때는 부모님이 걱정하시니까 여자인 척했어요. 하지만 대학에 들어가고 독립하면서 남자로 살기로 했어요. 그래서 머리도 짧게 자르고 학교에서도 요시히사라는 이름을 써요."

사회적 성과 생물학적 성이 다른 상태로 태어나 고민하는 사람이 있다는 데 요시히사도 그런 사람이었다.

그의 슬픔이 너무나 깊어 보였다. 무슨 말이라도 건네고 싶었지만 어떤 말도 떠오르지 않았다. 게다가 료고는 조금 전 자신이 그에게 상처가 될 말을 했다는 사실을 깨달았다.

너처럼 케이크나 핑크색이 잘 어울리는 남자는 절대 모를 거라고 말한 것이다.

"하지만 아무리 남자가 되려고 해도 학교 친구들이나 아르바이트하는 가게 사람들은 결국 저를 여자라고 생각해요. 전 핑크색 옷이 좋아요. 그런데 제가 핑크색 옷을 입으면 '역시 여자는 여자구나.'라고 하더라고요."

요시히사의 얼굴이 일그러지며 그동안 답답했던 마음이 눈꼬리에 작게 맺혔다.

"하지만 저는요. 그냥 핑크를 좋아하는 남자일 뿐이에요."

그가 지금까지 얼마나 답답했는지, 얼마나 슬프고 괴로웠는지 느껴졌다. 료고의 가슴도 먹먹해졌다.

요시히사보다 훨씬 어른이면서 이럴 때 건넬 위로의 말 한마디조차 떠올리지 못하는 자신이 한심했고 화가 났다.

그때 집사 점원이 차를 가지고 다가왔다.

"오래 기다리셨습니다. 장미 꽃잎을 띄운 복숭아 티입니다."

두 사람 앞에 놓인 찻잔에 연한 분홍빛이 도는 호박색 차가 따라졌다. 차 위에는 진분홍색 장미 꽃잎 한 장이 띄워져 있었다.

분위기가 어색해진 참이었는데 복숭아 티의 우아하고 아름다운 모습에 더해 장미와 복숭아 향이 은은하게 퍼지자 두 사람의 표정도 조금 부드러워졌다.

"조금 전에 고객님께서 핑크를 좋아하신다고 하시는 말이 들렸습니다만, 그렇다면 이거야말로 '쎄시봉C'est si bon(매우 훌륭하다는 뜻의 프랑스어)'이네요."

완벽하고 유창하게 흘러나온 프랑스어에 요시히사의 눈이 동그랗게 벌어졌다.

료고도 입을 벌린 채 멍하니 그를 바라봤다.

두 사람의 머리 위로 낭랑한 집사의 목소리가 이어졌다.

"유럽에서는 '핑크'라는 말이 생기기 전까지 분홍색을 '장미색'으로 불렀습니다. 그리고 여기 있는 연한 분홍색의 복숭아도 장미과 나무의 열매죠. 장미의 혈통을 가진 과일이랍니다."

말하는 그가 화사하게 웃었다.

"그래서 오늘 고객님들께 선보인 데세르는 핑크빛 복숭아를 장미 향으로 감싼 장미가 만개한 달을 의미하는 로즈문이라 이름 붙였습니다. 디저트를 드시는 동안 고객님께서 화려한 장미 향에 둘러싸인 장밋빛 인생 '라비앙로즈La vie en rose'를 느끼시길 바라는 마음으로 저희 파티시에가 여러 번의 시도 끝에 완성했지요. 저희는 한 접시 한 접시 정성을 다해 만들고 있습니다."

료고와 요시히사가 고개를 끄덕였다. 둘은 나직하게 울리는 목
소리로 물 흐르듯이 이어지는 집사의 이야기에 빨려 들어가 마치
꿈을 꾸는 듯했다.

"어떠신가요? 장밋빛 인생을 충분히 맛보셨나요?"

료고는 몸이 공중에 붕 뜬 것 같은 행복감에 젖어 들었다. 장미
향의 피치 멜바를 먹은 일도 사실은 여자였다는 요시히사의 고백
도 전부 꿈이 아니었을까 싶을 만큼.

옆에 있는 요시히사도 몽롱한 얼굴이었다.

집사의 이야기를 듣는 사이에 슬픔은 어디론가 전부 날아가 버
렸다는 듯이.

물론 모두 꿈이 아닌 현실이었지만.

그래도 피치 멜바의 장미 향이 남긴 여운은 여전히 입안에 그대
로 남아 있었다.

"꿈같이 환상적인 맛이었습니다."

"정말 장미꽃에 둘러싸여 있는 기분이었어요."

두 사람이 기분 좋은 나른함에 취한 얼굴로 대답하자 집사가 작
게 미소 지었다.

"감사합니다. 그럼, 계속해서 장미와 복숭아로 만든 차도 즐겨
주세요."

하얀 찻잔에 달린 손잡이는 무척이나 섬세했다. 료고는 잠시 자

신의 두꺼운 손가락이 찻잔을 부수면 어쩌나 걱정했다. 하지만 집사의 이야기를 듣는 동안 적당한 온도로 식은 차를 입에 머금은 순간 걱정은 날아가고 형언할 수 없이 감미로운 향이 온몸으로 좌악 퍼졌다.

향은 조금 전 맛보았던 데세르보다 조금 순했다.

딱 기분 좋을 만큼 적당해서 마음이 편안해졌다.

"맛있다. 색도 오렌지색 계열의 핑크라서 너무 귀여워요."

맞은편에서 가는 손가락으로 찻잔을 들고 있던 요시히사의 입매도 부드럽게 길어졌다.

"핑크에는 사람을 온화하게 만드는 힘이 있습니다. 따뜻하고 부드러운 난색이면서 유연한 색이죠. 그리고 동시에 매우 강한 색이기도 합니다. 진출색이라고 하는데 명도와 채도가 높아서 확고한 의지를 표현할 때 쓰기도 하죠."

하늘하늘 춤추는 장미 향의 하얀 김 너머에서 마치 마법 주문을 외우듯이 집사가 이야기를 시작했다.

"이건 달이 들려준 이야기입니다. 성격이 내성적이고 소심해서 툭하면 우울해지고 늘 고민을 끌어안고 사는 한 여자의 이야기이지요."

료고는 자신과 똑같은 성격을 가진 여자의 이야기에 저도 모르게 흠칫 놀랐다.

돌아보니 요시히사도 진지한 얼굴로 이야기에 귀 기울였다. 그의 내면에도 그런 면이 있었던 걸까?

"그녀는 고작 한 발 내딛는 일조차도 망설이다가 결국 발을 거두고 어깨를 축 늘어뜨린 채 고개를 숙이곤 했습니다. 그래서 분홍색 달을 몸에 지니기로 했죠. 말씀드렸다시피 분홍색은 마음을 온화하게 만드는 동시에 자신의 의지를 표현할 수 있는 색입니다. 몸에 지니기만 해도 강하면서도 평온한 마음을 유지할 수 있는 색이죠."

료고는 이야기에 기시감이 점점 짙어졌다.

"그녀는 은빛이 감도는 멋진 분홍색 달을 몸에 지니고 있으면 용기를 낼 수 있을 것 같다고 말했습니다. 자기 생각을 굽히지 않고 실행에 옮길 수 있을 것 같다고 말이죠. 그리고 드디어 분홍색 달과 함께 한 걸음 앞으로 나아갈 수 있었습니다."

여기까지 이야기를 들려준 집사는 료고와 요시히사와 눈을 마주쳤다.

"오늘 고객님들께서 드신 로즈문 또한 분홍색 달입니다. 부디 화려한 장밋빛 기억과 함께 분홍색 달의 마법도 함께 가져가시면 감사하겠습니다."

집사는 우아하게 허리를 굽혀 인사했다.

"고객님께서 입으신 크리미 핑크 팬츠가 너무 잘 어울리시네요. 스트로베리 핑크의 스니커즈와 매칭하신 센스도 무척 탁월하십니다."

요시히사의 뺨이 붉게 물들었다.

"감사합니다."

쑥스럽다는 듯 작게 대답했지만 기분이 좋아 보였다.

이야기를 마친 집사는 자리로 돌아갔다.

쇼케이스 뒤쪽 유리 벽 안쪽에 여자가 있었다. 그녀는 빈틈없이 진지한 표정으로 손에 스패출러를 들고 돌림판 위에 얹은 홀케이크에 옅은 분홍색 크림을 바르고 있었다.

풍성한 갈색 머리는 뒤로 한데 모아 묶었다. 부드럽고 유연한 몸에 마치 명품처럼 보이는 새하얀 셰프복을 입고 있었다.

안이 비칠 듯이 투명하고 하얀 피부에 곧게 뻗은 목덜미.

진지한 눈빛에 꽃잎 같은 입술.

장미꽃 속에서 이제 막 태어난 생명력 넘치는 저 아름다운 여자가 이 가게의 파티시에?

그녀의 귀에 초승달 모양의 피어싱이 달려 있었다.

분홍빛으로 반짝이는 피어싱.

"료고 씨, 저거….."

"응, 핑크네."

"네. 핑크네요. 은빛을 흘려 넣은 듯한 실버 핑크."

"혹시, 아까 말한 분홍색 달이라는 게….."

어느새 두 사람은 다시 자연스레 얼굴을 마주한 채 속닥이고 있었다.

다시 행복한 시간이 흘러갔다.

장미 향의 차를 다 마신 료고와 요시히사는 오래오래 집에 두고 먹을 수 있는 구움과자와 잼을 잔뜩 사 들고 싱글벙글 웃으며 가게를 나왔다.

"맛있게 먹었습니다. 집사님."

"다 맛있었어요. 잘 먹었습니다."

"감사합니다."

부드러운 웃음으로 화답한 집사는 중요한 말이라는 듯 한마디를 덧붙였다.

"실례가 안 된다면 한 가지만 정정해 드려도 될까요? 저는 집사가 아니라 스토리텔러입니다."

그가 다시 우아하게 몸을 숙였다.

"그럼 또 들러 주시기를 진심으로 기다리고 있겠습니다."

"아, 너무 만족스러웠어요!"

"이 구움과자도 어떤 맛일지 궁금해."

두 사람은 양손에 파란색 종이봉투를 들고 웃으며 길을 걸었다.

여자인 요시히사가 자신은 남자라고 고백한 일도, 답답한 마음을 주체하지 못해 눈물을 흘린 일도, 지금이라면 모두 없었던 일로 할 수 있을 것 같았다.

료고가 말을 꺼내지 않으면 분명 그도 다시는 그 일을 언급하지 않을 테니까.

'우리는 이제 겨우 두 번 만났을 뿐이야. 우연히 케이크 커뮤니티 오프라인 모임에서 이야기를 나눈 사이일 뿐이잖아. 복잡하게 생각하지 말자. 좋은 게 좋은 거니까.'

어쩌면 그것이 정답일지도 몰랐다. 하지만….

역 앞에 다다랐을 때 료고는 결국 진지한 얼굴로 말을 꺼냈다.

"요시히사, 나는 처음 케이크 모임에서 너를 보고 정말 핑크가 잘 어울리는 남자라고 생각했어."

요시히사의 표정도 진지해졌다.

그가 입을 꾹 다문 채 가만히 료고를 바라봤다.

그의 큰 눈동자에 다시 눈물이 차올랐다. 료고는 당황했다.

역시 말을 꺼내는 게 아니었다!

"아, 미…미안….”

황급히 사과하려던 찰나 요시히사가 손가락으로 눈가를 훑으며 웃었다.

"그렇게 말해 줘서 감사해요."

그가 아이같이 천진한 목소리로 크게 대답했다.

"맞아요! 저는 핑크가 정말 좋아요!"

핑크는 따뜻하고 부드러우면서도 유연한 색이다.

그리고 진출색이기도 하다.

확고한 자신의 의지를 표현하는 색.

누구보다 요시히사에게 어울리는 색이다.

"료고 씨, 다음에 또 같이 케이크 먹으러 가요. 다음 달에 새로운 아시에트 데세르가 나온다고 했잖아요. 아, 그리고 제가 아는 다른 가게도 가 봐요."

"고마워. 그런데 다음부턴 혼자 가 보려고 해."

요시히사의 눈이 동그랗게 벌어졌다.

료고는 쑥스럽다는 듯 머리를 긁적였다.

"앞으로는 혼자서 케이크도 사고 가게에도 나 혼자 당당하게 들어가 보려고."

지금까지는 덩치가 산만 한 아저씨가 달콤한 디저트를 좋아한다는 사실이 부끄러워서 편의점 디저트만 샀었다.

사실은 SNS에 자주 올라오는 파티세리pâtisserie에도 가 보고 싶었다. 매장에서만 먹을 수 있는 디저트도 먹어 보고 싶어 자유롭게 맛집을 찾아다니는 사람들을 부러워했지만 정작 자신은 아무런 행동도 하지 않았다.

하지만 큰맘 먹고 참가했던 케이크 모임도, 요시히사 덕분에 맛볼 수 있었던 아시에트 데세르는 인생 최고의 경험이었다. 설렘으로 가슴이 두근거렸고 당연히 맛도 최고였다.

한 걸음만 나아가면 분명 더 멋진 케이크들이 수도 없이 기다리고 있을 터였다.

용기 내서 나아가지 못하면 자신만 손해일 뿐이다.

이렇게 긍정적인 생각을 할 수 있게 된 건 전부 요시히사 덕분이다. 달과 장미의 마법 덕분이기도 하고.

"다음에 우연히 케이크 가게에서 만나거나 모임에서 보게 되면 그때처럼 또 말을 걸어 줄래? 난 키가 커서 어디서든 눈에 띄잖아. 바로 알겠지? 나도 널 보면 인사할게. 우리 그때 또 질리도록 케이크 얘기하자!"

요시히사가 활짝 웃었다.

"네! 기다리고 있을게요!"

료고는 맛있는 케이크를 찾아다니다 보면 분명 머지않아 그를 다시 만날 거라고 확신했다.

요사히사의 생각도 다르지 않을 게 분명하다.

'요시히사, 그때는 내가 그동안 먹어 본 케이크를 추천해 줄게.'

다섯 번째 이야기

진한 버터의 풍미와
캐러멜웃의 바삭함을 지닌
'퀸아망'

"아, 망했어. 완전 끝이야."

집에 돌아온 무기는 교복도 벗지 않은 채 침대에 얼굴을 묻고 울음을 터트렸다.

오늘은 전국 고교 야구 대회 지역 예선 시합이 있는 날이었다. 오늘 시합에서 이기면 무기네 학교는 8강 진출이라는 쾌거를 이룰 수 있었다.

전국 대회 진출을 기대할 만큼 잘하던 팀은 아니었는데 모두의 예상을 뒤집고 8강 진출 코앞까지 올라가자 갑자기 학교 전체가 들썩이기 시작했다.

이번 상대는 지역 대회의 강력한 우승 후보였다. 매년 전국 대회에 진출했던 학교라는 소식에 무기가 활동하는 치어리더부에 응원 의뢰가 들어왔다.

야구부에는 무기가 짝사랑하는 마키하라 소마가 있다. 1학년이지만 등번호 7번을 단 주전 선수다.

"이건 기회야. 레이지!"

무기는 동맹 관계인 레이지에게 외쳤다. 소마의 절친이자 자신의 소꿉친구인 레이지와 서로의 사랑을 밀어주기로 약속한 무기는 요즘 레이지에게 소마의 정보를 받는 대신 그가 짝사랑하는 언니의 정보를 조금씩 제공하는 중이었다.

무기는 드디어 기다리던 때가 왔다는 듯 비장한 얼굴로 레이지에게 말했다.

"전국 대회 진출을 위해 노력하는 소마를 단상에서 열심히 응원하면서 내 존재를 각인시켜야겠어. '무기가 날 위해서 저렇게 열심히 응원해 주다니 감동이야.'라는 느낌이 들도록 말이야. 시합에서 지고 속상해하는 소마 옆에서 눈물을 흘리면서 위로하는 거지. 어때? 완벽한 시나리오 같지 않아?"

하지만 동맹군 레이지는 무기의 말에 공감해 주지 않았다. 대신 어처구니가 없다는 눈으로 무기를 바라봤다.

"그럼 일단 우리 학교가 져야 하네."

"뭐, 어차피 상대는 작년 전국 대회 준결승까지 올라간 강팀이잖아. 우리 학교는 운 좋게 약한 팀들을 만나서 여기까지 왔을 뿐이고. 여기서 이기면 기적이지. 그리고 혹시라도 전국 대회에 출전하게 되면 소마가 여자애들한테 주목받게 되잖아. 그러면 일이 복잡해진단 말이야."

"아주 푹 빠졌네, 빠졌어. 소마가 그렇게 좋냐?"

레이지는 무기와 편하지도 친하지도 않았다. 그래서 항상 적당한 거리감과 예의를 지켰고, 그 점은 무기도 마찬가지였다.

"뭐야, 새삼스럽게. 그럼 좋아하지도 않으면서 너한테 소마가 뭘 좋아하는지, 싫어하는 음식이나 좋아하는 동물은 뭔지, 아침에 몇 시에 일어나서 몇 시에 자는지, 가고 싶어 하는 데이트 장소는 어딘지 같은 걸 물어보겠어?"

"너 말이야. 겉으로는 밝고 해맑지만 속으로는 어둡고 음흉한 그런 타입인 거 같아."

"무슨 소리야?"

"가만 보면 그런 애들이 소마를 좋아하더라고."

레이지의 말에 따르면 주로 어둡고 음흉한 면을 가진 여자애들이 소마를 좋아한단다. 소마는 그런 여자애에게 스토킹을 당한 적도 있고, 죽네 사네 하면서 난리를 피운 일도 겪었다고. 하지만 애초에 그런 감정에 둔한 소마는 자신이 스토킹을 당한다는 자각 자체가 없었기에 결국 답답해진 상대가 제풀에 지쳐서 저절로 떨어져 나갔단다.

'하긴…. 음흉하기로 따지면 레이지 너도 만만치 않지.'

레이지도 겉으로는 성격 좋고 친절한 우등생이지만 알고 보면 뒤에서 무기의 언니를 끊임없이 괴롭혀 왔다. 그래 놓고 좋아해서 그랬다고 하니 상대로서는 소름 끼칠 일이다.

'뭐, 가타리베 씨한테 한 방 먹고 정신 차린 뒤로 언니한테 친절해지기는 했지만….'

그래서 언니는 아직도 레이지가 언제 손바닥 뒤집듯 태도를 바꿀지 모른다며 경계하고 있다. 무기도 거기까지는 레이지에게 말하지 않았다.

그런 레이지와 시원시원하고 낙천적인 성격의 소마는 하나부터 열까지 전혀 다르다. 레이지처럼 겉과 속이 다른 사람은 반대로 소마처럼 투명한 사람에게 안정감을 느끼는 걸까?

어쩌면 소마에게 접근했던 여자애들도 비슷했을 수 있다.

"아니거든! 난 반듯하고 올바르게 자랐어. 너에 비하면 아주 선량한 사람인 게 확실하고."

"야! 악당 취급 좀 하지 마!"

"그래, 그래. 나의 소꿉친구 레이지는 최고로 선량한 사람이지! 그러니까 평소에 소마한테 내 얘기 좀 잘해 줘! 내가 얼마나 간절한 마음으로 응원하고 있는지 자연스럽게 전하란 말이야. 그러면서 내가 소마를 좋아하는 거 아니냐고, 은근슬쩍 달달한 분위기로 몰고 가라고. 소마가 먼저 '혹시 무기가 나를 좋아하나?'라는 생각을 할 수 있게. 응?"

"하…, 그 둔한 녀석이 달달한 분위기가 뭔지는 알까? 그게 그렇게 쉬운 일이 아니야."

투덜거리며 볼멘소리를 뱉었지만, 결국 레이지는 언니의 최신 정보와 교환하는 조건으로 무기의 요구를 받아들였다. 무기가 넘긴 정보는 요즘 언니가 관심을 보이는 화가에 관해서였다. 레이지는 듣자마자 화집을 선물해야겠다고 까만 눈을 반짝였다. 그래서 무기는 언니에게 그 화가를 알려 준 사람이 가타리베라는 말은 하지 않았다.

레이지의 말대로 무기에게도 조금은 음흉한 면이 있었다.

'뭐, 어때! 그래도 나는 레이지처럼 좋아하는 사람을 괴롭히지는 않는다고!'

'좋아! 열심히 소마를 응원하면서 내 매력을 보여 줄 거야!'

이런 마음으로 단단히 무장하고 응원단상에 섰다.

그리고 온 힘을 다해 치어리더 친구들과 열심히 응원했는데….

'으아아, 그런데 왜 하필 그 타이밍에 미끄러지냐고!'

5회 말.

경기는 3 대 0으로 상대 팀이 이기고 있었다. 매년 전국 대회에 진출했던 팀을 상대로 5회까지 3점밖에 내주지 않으며 무기네 학교 팀도 잘 싸우고 있었다.

그런데 상대 팀 투수의 컨디션이 흔들리면서 2사 만루의 찬스가 왔다.

여기서 홈런이 나오면 단번에 역전이다. 긴장되는 분위기 속에서 무기네 학교 관중의 열기는 하늘을 찔렀고 응원도 최고조에 달했다.

그 시점에 등장한 타자가 등번호 7번의 마키무라 소마였다. 무기는 폼폼을 손에 들고 높게 치켜드는 다리에 간절한 마음을 담았다. 소마가 전국 대회에 나가면 안 된다고 레이지에게 했던 말 따위는 기억나지 않았다.

소마는 처음부터 적극적으로 배트를 휘둘렀다. 하지만 파울 또 파울, 연속해서 파울이 이어졌다. 공이 배트에 닿을 때마다 경기장이 들썩였다.

그리고 운명의 제3구.

"소마! 날려! 날 고시엔(전국 고교 야구 대회가 열리는 경기장)으로 데려가 줘!"

무기는 마치 영화 속 여주인공이라도 된 듯 외쳤다.

"홈런을 날려 버려! 소마!"

목이 터져라 외치며 폼폼을 흔들면서 다리를 쭉 뻗어 올리는 데 발꿈치가 쭈욱 미끄러졌다.

"아악!"

무기는 비명을 지르며 쿵 엉덩방아를 찧었다.

타석에 서 있던 소마가 홱 돌아보았다. 순간, 투수가 던진 공은 포수 미트 속으로 빨려 들어갔다. 정말이지 찰나였다.

"스트라이크! 타자 아웃! 스리 아웃! 체인지!"

심판의 외침에 소마는 배트를 끌어안고 망연자실 주저앉았다. 관중석에서는 탄식이 터져 나왔다. 무기는 눈물이 그렁하게 맺힌 채 아픈 엉덩이조차 문지를 수 없었다.

시합은 결국 7 대 0 상대 팀의 승리로 끝났다.

당연한 결과이기는 했지만 한 점도 따지 못했다는 점에서 다들 아쉬워했다. 2사 만루 상황에서 1점이라도 땄어야 했다는 소리가 여기저기서 들렸다. 무기는 다 자기 탓인 것 같아 고개를 들 수 없었다.

그때 넘어지지만 않았더라면 소마는 분명히 공을 쳤을 것이다. 그랬다면 1점이라도 땄을지 모른다. 어쩌면 홈런이었을 수도 있고….

'시합에서 진 소마 옆에서 눈물 흘리며 그를 위로하겠다고? 위로는 무슨! 미안해서 얼굴도 못 보겠어!'

결국 무기는 병원에 가야 한다는 핑계로 학교로 돌아가지 못하고 집으로 왔다. 오자마자 제방 침대에 엎어져 눈물을 쏟아냈다.

'분명 나한테 화났을 거야.'

'아니야. 소마는 그런 사람이 아니잖아. 하지만… 하지만… 소마한테 너무 큰 잘못을 저질렀잖아. 으앙, 이제 소마 얼굴을 어떻게 봐!'

눈물로 베개를 적시며 코를 훌쩍였다. 그때 어디선가 달콤한 냄새가 콧속을 파고들었다.

'응? 이건 버터를 녹일 때 나는 냄새인데. 거기에 살짝 태운 설탕 향을 더해 막 구운 밀가루 냄새까지….'

'아악, 뭐야 정말! 왜 지금 이런 맛있는 냄새가 나는 거야! 입에 침까지 고이고 괜히 배고파지잖아!'

'나 지금 엄청 우울하다고. 과자나 먹을 기분이 아니란 말이야! 그리고 한 달 동안 과자 끊기로 했잖아!'

달콤하게 콧속을 파고드는 향기를 어떻게든 피해 보려고 베개에 얼굴을 묻었다. 하지만 잔인하게도 작은 틈을 기어코 비집고 들어온 향기는 슬픔을 재우고 식욕을 깨웠다.

똑똑, 노크 소리가 들렸다.

"잠시 들어갈게요. 무기 양."

매끄러운 검은 머리를 깔끔하게 뒤로 넘긴 연미복 차림의 키 큰 남자가 문을 열고 들어왔다.

언니 가게에서 판매와 고객 응대를 담당하는 가타리베였다.

그가 다리가 달린 도자기 접시를 들고 왔다. 말로 표현할 수 없을 만큼 달콤한 향기를 퍼트린 범인은 반질반질 윤기가 흐르는 황갈색 구움과자였다.

"파티시에가 무기 양에게 전해 달라고 부탁하셨습니다. 깊게 배인 버터와 설탕의 진한 풍미가 일품이죠. 달콤한 꿀이 흘러나오는 '퀸아망Kouign Amann'입니다. 방금 구워서 따뜻해요."

그가 접시를 책상에 내려놓았다.

"바다로 둘러싸인 브르타뉴 지역의 전통 과자인 퀸아망은 브르타뉴어로 버터 과자를 의미합니다. 그래서 이름에 걸맞게 브르타뉴산 무염버터를 듬뿍 넣었어요. 표면의 평평한 부분은 캐러멜화해서 바삭바삭한 식감과 향긋한 캐러멜의 풍미를 즐길 수 있습니다. 아래의 울퉁불퉁한 부분은 바사삭 가볍게 부서지고, 쫀득한 식감을 가진 안쪽에서는 씹을 때마다 진한 버터 향이 퍼지면서 설탕으로 만든 달콤한 꿀이 촉촉하게 스며 나옵니다. 겹겹이 쌓은 반죽 사이사이에 든 이 농밀한 꿀 역시 영혼이 빠져나가도 모를 천상의 맛이죠."

자신이 만든 것도 아닌데 그의 목소리에는 자부심이 넘쳤다.

가타리베는 스토리텔러다.

어느 날 불쑥 언니 가게에 나타나 자신을 그렇게 소개했다.

스토리텔러는 상품에서 이야기를 찾아내 매력적으로 고객에게 들려주면서 상품을 빛나게 만드는 사람이라고 덧붙였다.

그리고 방금 그런 자신의 능력을 아낌없이 발휘했다. 퀸아망은 원래 무기가 제일 좋아하는 과자였다. 지금은 평소의 몇십 배 아니 몇백 배에 달하는 매력을 발산하며 그녀의 식욕을 자극했다.

'씹을 때마다 촉촉하게 스며 나오는 버터와 설탕… 흐음, 알지… 알지 그 맛.'

'캐러멜화한 부분은 혀를 까칠하게 긁을 정도로 바삭바삭하고 살짝 뿌린 소금이 달콤함과 향긋함을 끌어올려 주잖아.'

'겹겹이 겹쳐 구운 얇은 반죽은 베어 물 때마다 바사삭 부서지며 우수수 떨어지고.'

'바삭바삭하면서도 쫀득하고 와작와작 부서지는 그 맛…. 알아, 안다고. 그러니까 이제 그만 해요! 나도 안다고요, 맛있다는 거!'

'반죽 사이사이에 들어 있는 꿀이 입에 착 감기는…, 그 맛은 정말 환상적이지. 아아! 더는 못 참아!'

무기의 손이 움찔거렸다.

"자, 식기 전에 드세요."

가타리베는 접시를 무기 앞으로 내밀었다. 다리가 달린 접시에 퀸아망이 세 개나 올려져 있었다. 침대에서 몸을 일으킨 무기는 그중 하나를 집어 들고 반들반들 윤기가 흐르는 부분부터 베어 물었다.

와그작! 맛있는 소리와 함께 표면이 부서지고 달콤한 설탕과 소금이 가미된 진한 버터가 입안에서 부드럽게 녹아내렸다.

"으으으음, 맛있어어어어."

금세 손이 끈적끈적해지고 침대 위에 얇은 과자 부스러기가 우수수 떨어졌다.

"이걸 쓰세요."

가타리베가 냅킨을 깔아주었다.

와그작와그작, 바삭바삭. 무기는 퀸아망을 먹으면서 소리쳤다.

"아, 몰라요. 삼 일은 굶고 싶은 심정이었는데 너무 맛있잖아요

오오오. 나 좀 그냥 내버려 두지, 왜 건드려요! 이렇게 맛있는 걸 가져다주면 나더러 어쩌라고, 그것도 칼로리 폭탄을!"

가타리베가 무기를 바라보다가 천천히 입을 열었다.

"이건 달이 들려준 이야기입니다."

무기는 미소를 머금은 그의 입매를 바라보았다.

"어린 여동생과 사는 한 여자가 있었습니다. 소심하고 걱정이 많은 그녀와 달리 동생은 밝고 긍정적인 성격에 친구도 많았죠. 동생은 그녀에게 희망이자 자랑거리였고 삶을 버텨 나갈 힘이었습니다."

무지는 이야기에 빠져들었다.

"그녀의 부모님은 그녀가 아직 제과 학교에 다니는 학생이었을 때 갑작스러운 사고로 한꺼번에 세상을 떠나셨어요. 세상에 그녀와 동생 단둘만 남겨졌습니다. 그녀는 학교를 졸업하면 파티시에의 꿈을 포기하고 건실한 회사에 취업하기로 마음먹지요. 그런 그녀가 집을 개조해서 양과자점을 열 수 있었던 건 동생의 응원 덕분이었어요. 언니는 사람들에게 과자를 만들어 주는 걸 좋아하니까 과자점을 해 보면 어때? 그럼 나도 언니가 만든 과자를 매일 먹을 수 있잖아. 동생이 그렇게 말했다고 하더군요."

무기는 '이건 내 이야기인데.' 하며 놀랐다.

무기는 언니가 집 오븐으로 구워 주던 소박한 갈색 과자가 언제나 맛있었다.

"나는 언니가 만든 과자가 제일 좋아."

무기가 이렇게 말하면 부끄럽다는 표정으로 지켜봐 주는 언니가 좋았다. 세상 그 무엇과도 비교할 수 없을 만큼. 그때마다 언니도 무척 행복해 보였다.

"동생이 항상 적극적으로 응원해 준 덕분에 그녀는 힘을 낼 수 있었습니다. 하지만 어느 날 문득 깨달았죠. 언제나 밝고 긍정적인 한낮의 태양처럼 환하게 웃는 동생이 그녀 앞에서는 절대 슬프거나 우울한 모습을 보이지 않는다는 걸 말이죠."

무기는 가슴이 철렁 내려앉았다.

"그녀는 생각했습니다. 자신이 늘 소심하고 우울한 모습만 보였기 때문이라고요. 그래서 동생이 걱정을 끼치지 않으려고 밝고 사교적인 아이가 될 수밖에 없었던 건 아닌지 걱정했어요. 저도 모르는 사이에 자신에게 부족한 부분을 동생이 대신하도록 몰아갔던 건 아닐까 하고요."

'아니야!'

무기는 고개를 흔들었다.

'늘 열심히 사는 언니가 있어서 나는 언제나 편하고 즐겁게 살 수 있었어.'

'언니가 있어서 나는 지금의 내가 될 수 있었던 거야.'

무기가 아니라고 외치려던 순간 눈꼬리를 상냥하게 접은 가타리베가 먼저 말을 이었다.

마치 그녀의 마음을 다 알고 있다는 듯이.

"그래서 그녀는 동생이 조금이라도 우울해 보이거나 고민이 있어 보이면 어떻게 해서든 달래 주고 싶었습니다. 동생이 제일 좋아하는 설탕과 버터가 듬뿍 들어간 달콤한 과자를 만들어서 먹이고 싶었죠."

이런 이야기를 듣고 먹지 않을 수 있는 사람이 있을까?

가타리베는 원망스러운 눈으로 자신을 올려다보는 무기를 향해 살짝 고개를 숙였다.

"지금쯤이면 홍차 잎이 적당히 우려졌을 것 같으니 차도 따라 드리죠. 과자만 드시면 목이 멜 수 있으니까요."

센스 있게 상황을 넘긴 그가 함께 가져온 하얀 찻잔 위로 은색 찻주전자를 기울였다. 찻잔에 호박색 물이 채워졌다.

"그럼, 저는 이만 가 보겠습니다. 그릇은 나중에 가지러 올게요. 그리고 사실 이 말은 하지 않으려고 했습니다만, 무기 양이 혹시라도 나중에 또 눈물로 베개를 적시는 일이 없도록 한 가지만 조언하겠습니다."

"…?"

첫 번째 퀸아망을 눈 깜짝할 사이에 먹어 치운 무기를 향해 가타리베가 부드러운 미소를 보였다.

"저희 가게의 퀸아망은 칼로리가 한 개에 약 390킬로칼로리랍니다."

'삼백…구십…!'

두 번째 퀸아망을 집으려던 무기의 손이 그 자리에 얼어붙었다.

'주먹밥이 한 개에 200킬로칼로리 정도니까, 두…두 배나?'

탁 소리와 함께 문이 닫히고 가타리베는 사라졌다.

무기는 남은 두 개의 퀸아망을 바라봤다. 언니가 자신을 사랑하는 만큼 버터와 설탕을 듬뿍 넣었을 거다. 그만큼 지방과 당분이 넘치게 들어 있을 퀸아망을 앞에 두고 새로운 문제에 봉착한 무기는 괴로운 신음을 내뱉었다.

'으아아아, 가타리베 씨 너무 잔인하잖아요!'

다음날.

우울했던 마음은 지워 버리고 밝은 모습으로 등교한 무기를 보며 소마가 먼저 말을 걸었다.

"허리는 좀 괜찮아? 어제 응원해 줘서 고마워."

"아, 응. 허리는 이제 아무렇지도 않아. 하필 중요한 순간에 내가 넘어져 방해만 됐어. 정말 미안해!"

무기는 꾸벅 머리를 숙였다.

"방해라니 그게 무슨 소리야? 어제 너 진짜 열심히 응원해 줬잖아. 홈런을 날리라고 소리치는 네 목소리가 타석까지 들렸다니까.

아! 그때 내가 진짜 홈런을 쳤으면 정말 멋있었을 텐데 말이야. 하하하."

"내가 넘어지는 바람에 네가 홈런 칠 기회를 놓쳤잖아."

"그렇긴 하지."

'역시 그렇게 생각하고 있었어!'

"하지만 공을 보고 있었어도 그건 못 쳤을 거야. 그녀석의 구속이 무려 150킬로미터였다고! 선배들도 입이 떡 벌어졌다니까. 후보 투수를 내보낼 줄 알았는데 에이스가 등판해서 전설로 남을 만한 볼을 던졌다고 말이야. 진짜 좋은 경험이었다고 다들 난리였어. 나도 심장이 미칠 듯이 막 뛰었다니까."

'그, 그런 거야?'

소마는 경기 결과에 조금도 연연해하지 않았다. 그 모습이 너무 해맑아 조금 허무해졌지만, 무기는 새삼 중요한 사실 하나를 깨달았다. 역시 그를 좋아한다는 것이다.

무기는 언제나 긍정적인 소마가 좋았다.

"또 그런 시합을 할 수 있으면 좋겠어."

"응. 다음에는 넘어지지 않고 제대로 응원할게."

"그래. 부탁할게. 레이지한테 들었어. 네가 내 시합에 엄청 신경 썼다고."

쑥스럽다는 듯 흔들리는 소마의 눈빛에 무기의 심장이 콩닥콩닥 뛰었다.

'레이지, 너 제대로 협조하고 있었구나! 잘했어!'

무기는 상으로 언니가 만든 과자를 좀 가져다줘야겠다고 생각했다.

하지만 그 순간 소마가 활짝 웃으며 말했다.

"네가 야구를 그렇게 좋아하는 줄은 몰랐어! 무기."

몸에서 힘이 쭉 빠졌다.

'아, 실패야. 전혀 모르고 있잖아. 레이지, 도대체 말을 어떻게 한 거야?'

동맹군에 대한 불신으로 무기의 고개가 힘없이 떨어지려던 찰나 살짝 태운 설탕과 버터 향이 코끝을 스쳤다. 익숙한 냄새였다.

"이거, 어제 열심히 응원해 준 보답이야!"

소마가 버터 향이 밴 종이봉투를 무기 앞으로 내밀었다. 퀸아망이었다.

"응원에 대한 답례라고 말하면 너무 거창한가? 사실 어제 엄마 심부름으로 너희 언니 가게에 갔었거든. 너희 언니가 너무 많이 만들었다고 식구들이랑 먹으라면서 주신 거야. 너도 이걸 제일 좋아한다고 해서 가져왔어."

소마의 마음을 읽은 무기는 너무나도 기뻤다.

자신을 향한 언니의 사랑도 눈에 보였다.

"많이 걱정했어. 가타리베 씨한테 어떠냐고 물어보니까 몸은 괜찮고 방에서 쉬고 있다기에 그냥 돌아왔지만…."

그 시각 무기는 언니의 사랑이 듬뿍 담긴 퀸아망과 사투를 벌이고 있었다.

손이며 입 주변에 끈적끈적하게 설탕 시럽을 묻히고 있을 때였다. 여기저기 빵 부스러기가 널려 있는 방에 소마가 들어왔다면 아마 무기는 오늘도 방에 틀어박혀 있었을 거다.

그러고 보니 언니가 어제 친구가 걱정하면서 찾아왔었다고 했는데 그 친구가 소마였던 것이다.

'언니는 연애 감정에 둔하니까 내가 소마를 좋아한다는 건 몰랐겠지.'

'가타리베 씨는 모르는 게 없는 사람이니까 분명 알고 있었을 거야. 아니, 그럼 소마가 왔다고 가르쳐 줄 수도 있었잖아! 일부러 말을 안 했다는 거야? 역시 가타리베 씨는 언니 말고 다른 사람한테는 심술궂은 면이 있다니까.'

무기가 그런 생각을 하는 사이 소마는 웃는 얼굴로 퀸아망이 담긴 종이봉투를 내밀었다.

"고마워."

무기는 서둘러 입꼬리를 올리며 봉투를 건네받았다.

그런데 이 시트콤 같은 이야기는 여기서 끝이 아니었다. 다음 쉬는 시간에 옥상으로 오라는 레이지의 메시지로 이어졌다.

옥상에서 레이지에게 건네받은 종이봉투에서도 버터와 태운 설탕 향이 났다. 역시나 퀸아망이었다.

"어제 너무 많이 사서 남았거든. 너 줄게. 너 이거 좋아하잖아. 나는 이렇게 열량이 높은 건 별로라."

레이지 나름의 배려였다.

계획에 실패하고 우울감에 빠져 있을 무기를 달래 주고 싶었던 모양이다.

이왕이면 젤리나 시폰 케이크Chiffon Cake같이 위에 부담을 덜 주는 과자였으면 더 좋았겠지만⋯. 그래도 감동이기는 했다.

"맞아. 난 언니 과자 중에 퀸아망을 제일 좋아해. 기억하고 있었네, 고마워."

"기억하고 싶지 않아도 머리가 좋아서 기억이 나. 한번 보거나 들은 건 잊어버리지 않거든."

"아무튼 고마워. 나도 다음에 뭔가 보답할게."

"그럼, 누나한테 내 얘기 좀 잘해 줘. 나도 소마한테 네 얘기 많이 하고 있잖아."

"알았어."

별 효과는 없었지만 말이다.

종이봉투를 받아 드니 꽤 무게가 느껴졌다.

'이 정도면 한 개가 아니라 두 개인 거 같다. 보통 퀸아망은 한 개면 충분하다고. 아, 그러고 보니 어제 언니도 접시에 세 개나 담아서 보냈었지? 뭐야, 다들 내가 먹보라고 생각하는 건가? 하, 어쩔 수 없지. 냉동실에 넣어 놨다가 조금씩 먹자. 우리 집 냉장고는

언니가 볼 테니까 옆 아파트에 사는 가타리베 씨네 냉장고를 빌려야겠어. 그 김에 경고도 좀 하고.'

'아, 그런데 내가 가타리베 씨 집에 드나드는 걸 보면 언니가 또 오해하고 불안해하려나?'

'그나저나 언니랑 가타리베 씨는 서로를 연애 상대로 보기는 하는 건가?'

언니가 가타리베를 좋아하는 건 누가 봐도 확실하다. 언니는 그를 100% 신뢰한다. 가타리베도 언니한테는 세상 둘도 없이 다정하다. 하지만….

가타리베 씨는 봄부터 언니 가게에서 일하기 시작했다. 그때 언니는 풀죽은 얼굴로 내게 말했다. 가타리베 씨가 가게 일 말고 다른 일로는 자기에 다가오지도 말고, 사적으로는 말을 걸지도 말아달라고 했다면서 속상해했다.

언니한테 그렇게나 다정하고 상냥하면서 도대체 왜 그런 말을 한 걸까?

그 부분이 그의 과거와 함께 여전히 미스터리다.

언니는 2층 자기 방 베란다에서, 가타리베는 자기 집 창문에 서서 종종 다정하게 대화를 나누곤 한다. 따지고 보면 그것도 가게 일은 아니지 않을까?

한 사람은 대놓고 잠옷 바람으로 다른 한 사람은 가운을 걸치고 있으니 말이다.

얼마 전에도.

가게 문을 닫은 후 언니가 헐거워진 피어싱 잠금 볼을 조이려고 애쓰는 모습을 보더니 가타리베가 자연스럽게 뒤로 다가가 잠금 볼을 조여 주었다.

가타리베의 긴 손가락이 빨갛게 물든 언니의 귓불을 자연스럽게 만졌다. 언니는 부끄러워서 어쩔 줄 모르면서도 좋아하는 표정을 감추지 못하며 슬며시 눈을 감았다.

언니는 그때 그의 표정을 보지 못했지만 무기는 확실하게 봤다. 뭐랄까? 세상에서 가장 소중한 것을 만지는 듯한…? 분명, 그런 다정한 얼굴을 하고 있었다.

보고 있던 무기의 가슴까지 두근거려 조용히 돌아설 정도로.

'바로 러브신으로 이어져도 이상하지 않을 상황이었잖아. 사귀지도 않는데 그런 행동을 한다고? 그러면서 다가오지 말라니 앞뒤가 안 맞잖아. 두 사람은 도대체 무슨 사이인 거야?'

무기는 종이봉투에서 올라오는 퀸아망의 달콤한 향기를 맡으며 언니와 스토리텔러의 기묘한 관계에 관해 잠시 생각했다. 그러다 수업 시간이 다 돼서 교실로 돌아가려는데 레이지가 심각한 목소리로 무기를 불러 세웠다.

"잠깐만, 아직 내 얘기 안 끝났어."

고개를 돌려 보니 그의 얼굴도 목소리 못지않게 딱딱하게 굳어 있었다. 아무래도 퀸아망은 그저 핑계일 뿐 사람들 눈이 없는 곳으로 무기를 불러낸 진짜 용건은 따로 있는 모양이었다.

'무슨 말을 하려는 거지? 표정은 또 왜 저렇게 심각해?'

긴장한 무기에게 레이지가 말했다.

"가타리베 말이야. 역시 위험한 놈이었어. 그 자식 범죄자야."

여섯 번째 이야기

진화와 결별의
'미제라블'

무기의 여름방학이 시작되었을 무렵.

조용한 주택가에 자리 잡은 양과자점 '달과 나'는 전에 없이 들썩였다. 단골들이 잇달아 찾아와 저마다 걱정을 쏟아냈다.

"가타리베 씨, 뉴스에서 봤어요. 양아버지에게 안 좋은 일이 생겼다면서요? 지금 여기서 케이크를 팔고 있을 때가 아니잖아요. 괜찮아요?"

"주간지에 실린 사진이 인터넷에 쫙 퍼졌어요. 사진 속 남자가 가타리베 씨 맞죠? 괜찮은 거 맞아요?"

"가타리베 씨, 요시히사에게 연락받고 얼마나 놀랐는지 모릅니다. 요시히사도 많이 걱정하고 있어요."

소마를 비롯해 무기의 친구들까지 몰려와 소란을 더했다.

"가타리베 씨, 여기 있으면 위험한 거 아니에요?"

"경찰에 붙잡혀 가면 어떡해요!"

"어디 숨어 있는 게 좋지 않을까요?"

모두가 언론에서 저렇게 떠들어 대는데 여기서 한가하게 케이크나 팔고 있어도 괜찮은 거냐고 그에게 물었다. 가타리베는 그때마다 차분한 목소리로 대답했다.

"걱정해 주셔서 감사합니다. 하지만 전 떳떳하지 못한 일을 한 적이 없습니다. 경찰도 이미 다 알고 있을 겁니다. 제가 경찰에 출두한다면 나쁜 짓을 저지른 당사자가 아니라 증인으로서겠죠."

사진으로 확인하려는 사람에게는 이렇게 말했다.

"잡지에 실린 제 사진이 인터넷에 돌아다닌다고 해서 저도 봤습니다. 하지만 화질도 안 좋고 아주 오래된 사진이더군요. 머리 모양도 달라져서 아마 지인이 아니면 알아보기 힘들 겁니다. 혹시 닮았다고 말씀하시는 분이 계시면 '그러네요. 세상에는 꼭 닮은 사람이 세 명은 있다고 하니까요.'라고 대답할 테니 걱정하지 마세요."

자신이 아니라고 확실하게 밝히기도 했다.

"다행히 저는 그 사람과 성도 다릅니다. 전에 다니던 직장에서는 대외적으로 그쪽 성을 쓰기는 했지만 제 호적상 실명은 틀림없이 '가타리베 쓰쿠모'입니다."

그리고 이 말도 덧붙였다.

"저는 이곳을 그만둘 생각이 없으니 다들 안심하세요."

하지만 그가 아무리 설명해도 모두가 계속 불안해했다. 그렇지만 당사자인 가타리베 본인이 너무나 태연했기에 더는 참견하기 어려웠다.

무기는 얼마 전 학교 옥상에서 가타리베의 양아버지가 경찰에 체포되었고, 그도 전에 양아버지 밑에서 일했다는 말을 레이지에게 들었다. 그 사건이 잡지에 실리자 레이지는 가타리베의 사진이 실린 페이지를 찢어 와 무기에게 보여 주었다.

"내가 말한 대로지? 그 자식은 범죄자야. 이 사진을 좀 봐, 아주 잔혹한 얼굴을 하고 있잖아. 이게 그 자식의 본모습이라고."

사진 속 그는 지금보다 젊었다. 양복을 차려입고 앞머리는 내린 모습이었다. 머리를 약간 기른 스타일이라 어딘지 예술가처럼 보이기도 했다. 누가 봐도 지위가 높고 잘 나가는 사람처럼 보였다. 표정에는 그런 사람 특유의 거만함이 묻어 있었다. 그리고 레이지의 말처럼 눈빛이 차가웠다. 일부러 그런 사진을 골랐을 수도 있겠지만.

기사에는 '다이몬 사장의 양아들 쓰쿠모도 범행에 가담했을까?'라는 제목이 붙어 있었다.

의료기기 업체를 경영하는 다이몬 다카쓰구는 혁신적인 고성능 기기를 잇달아 출시해 영세한 공장을 단기간에 급성장시킨 인물이었다. 의료기기 업계의 총아, 병으로 고통받는 환자들의 구세주로 불렸다.

다이몬 사장은 결혼하지 않아서 자녀가 없었다. 그래서 자신의 뒤를 이을 양자를 들였는데 그가 바로 가타리베다. 다이몬의 양자가 된 그는 명문 고등학교를 졸업하고, 미국의 명문 대학으로 유학을 떠나 마케팅을 공부했다. 그 후 변호사와 공인회계사 자격까지 취득하고 귀국했다. 그리고 다이몬 사장의 오른팔이 된 그는 사람들에게 자신을 스토리텔러라고 소개했다.

스토리텔러는 기업이나 상품에 메시지와 이야기를 부여하여 소비자가 해당 상품에서 가치를 느낄 수 있게 전달하는 사람, 쉽게 말해 기업 홍보 총괄 책임자이자 코디네이터였다. 무기는 그런 일과 직함이 실제로 존재한다는 사실을 이번에 처음으로 알았다.

다이몬 사장의 눈부신 성공 뒤에는 스토리텔링이라는 탁월한 이미지 전략이 있었다. 그런 의미에서 가타리베는 젊고 뛰어난 초일류급 전문 스토리텔러였다.

'가타리베 씨가 그 정도로 대단한 사람이었다니.'

'그런 사람이 왜 언니 가게에서 일하고 있는 걸까?'

'담대한 얼굴로 기업가들을 상대하면서 뛰어난 스토리텔링 능력을 발휘하던 사람이 왜 주택가 작은 양과자점에서 손님들과 다정하게 눈을 맞춰가며 이야기를 들려주고 있는 걸까?'

'혹시 양아버지가 제품의 성능을 속여 판매했다가 고발당한 일과 관계가 있는 건가?'

그러나 가타리베가 이야기했던 숭고한 기업이념과 병으로 고통받는 환자들을 구하는 뛰어난 효과를 가졌다던 상품은 모두 가짜였다.

레이지는 가타리베도 공범이고, 범죄 사실이 드러나기 전에 혼자 도망쳐 케이크 가게 점원으로 숨어 있었던 거라고 얼굴을 붉히며 열을 올렸다.

그러니 빨리 경찰에 신고해야 한다고.

하지만 고민할 틈도 없이 바로 일이 터지고 말았다.

무기는 오늘 아침 가게 문을 열기 전에 가타리베를 붙잡고 다짜고짜 물었다.

"가타리베 씨가 거짓말을 했던 거예요? 그래서 도망쳤어요?"

언니 눈이 휘둥그레졌다. 놀란 얼굴로 무기와 가타리베를 번갈아 보았다.

"언니도 속인 거예요?"

만약 그렇다면 그를 절대 용서할 수 없었다.

설령 언니가 그를 감싸더라도 바로 가게에서 나가 달라고 할 생각이었다.

하지만 가타리베의 눈빛은 조금도 흔들림이 없었다.

"제게 양아버지 밑에서 거짓 이야기를 했느냐고 묻는다면 '네, 그랬습니다.'라고 대답할 수밖에 없습니다. 그래서 제가 양아버지 곁을 떠난 것도 사실입니다."

그 말에 언니의 얼굴이 슬픔으로 일그러지려던 찰나 그가 바로 지그시 입매를 늘였다.

선이 굵고 수려한 얼굴에 겸허하고 투명한 표정이 떠올랐다.

"하지만 이곳에서는 단 한 번도 거짓말을 한 적이 없습니다. 파티시에가 만들고 제가 들려 드린 이야기는 모두 진실이었어요. 저는 자부심을 가지고 파티시에가 만든 과자들을 소개했습니다."

나직한 목소리를 타고 차분하게 흘러나오는 그의 말은 거짓으로 들리지 않았다.

그가 나타난 이후로 언니가 얼마나 달라졌는지는 가장 가까이에서 지켜본 무기가 누구보다 잘 알았다. 걱정과 슬픔으로 표정이 어두워졌던 언니도 눈에 힘을 주고 가타리베를 바라봤다. 언니의 표정도 그와 똑같이 속이 투명하게 들여다보였다.

은빛을 흘려 넣은 듯한 분홍색 달이 언니의 하얀 귓불 위에서 은은하게 빛났다.

언니는 달라졌다. 이제 더는 예전처럼 약하지 않았다.

가타리베는 언니가 만든 과자를 빛나게 해 준 이야기들은 모두 진실이었다고 단언했다.

그렇다면 상관없다. 그가 범죄자든 악마든 뭐가 중요할까.

아마 언니도 무기와 같은 생각일 것이다.

"그럼, 가게 문 열까요?"

언니가 살며시 웃으며 말하자 가타리베도 눈을 가늘게 접으며 대답했다.

"네, 파티시에. 알겠습니다."

"여름방학이니까 나도 도울게."

무기도 앞치마를 두르고 손님을 맞았다.

SNS와 텔레비전 뉴스를 본 단골들이 아침부터 하나둘씩 찾아와 좁은 가게 안은 금세 발 디딜 틈도 없이 꽉 찼다. 소란스러운 말들 사이에서 언니는 평소처럼 과자를 구웠고 가타리베도 언제나처럼 정중하고 반듯하게 손님들을 맞았다. 무기도 미소를 잃지 않고 맡은 일에 전념했다.

"이런 상황에서도 가게 문을 열다니."

잔뜩 구겨진 얼굴로 상황을 살피러 온 레이지는 생글생글 웃는 무기를 보고 어이가 없는 듯 투덜거렸다.

"너도, 누나도 저 자식한테 완전히 넘어갔구나? 도대체 지금 뭐 하는 거야?"

마침 보름달 케이크가 매진돼 가타리베는 주방으로 들어가 언니에게 추가로 더 만들 수 있는지 묻는 중이었다.

"내가 저 자식이 어떤 놈인지 알려 줬잖아."

"응, 너한테 미리 들어서 언니와 내가 마음의 준비를 할 수 있었어. 고마워."

"쳇, 난 이제 모른다."

레이지는 눈썹을 무섭게 치켜올리고 쏘아붙였다. 그리고는 잔뜩 심술이 난 얼굴로 쇼케이스와 선반에 올려진 상품을 둘러보았지만 돌아갈 생각은 하지 않았다.

소마와 다른 친구들은 물론 단골들도 마찬가지였다. 계산을 마치고 나서도 다들 가게를 나서지 않았다. 합석해서 테이블에 앉은 손님들은 계속해서 케이크나 차를 추가로 주문했다.

모두가 그를 걱정하고 있었다.

낮에도 항상 달을 볼 수 있는 이 가게에는 집사 복장을 한 스토리텔러가 꼭 있어야 했으니까. 그들에게 그가 없는 이곳은 상상조차 할 수 없었다.

그때 문이 열리고 새로운 손님이 들어왔다.

"어서 오세요! 스토리텔러가 있는 양과자점입니다!"

무기는 언니와 이야기 중인 가타리베를 대신해 활기차게 인사를 건넸다.

하지만 다음 순간 저도 모르게 "앗!" 하고 소리 질렀다.

가게 안으로 들어선 사람은 50대 중반으로 보이는 남자였다.

남자는 옷깃에 때가 시꺼멓게 낀 구깃구깃한 셔츠에 슬랙스를 입고 있었다. 머리도 지저분한 데다 수염도 삐죽삐죽 마구 자라있을 뿐만 아니라 심하게 야위어 있었다. 그런데도 부릅뜬 눈으로 누군가를 찌를 듯한 형형한 빛이 쏘았다.

잡지 기사에서 보았던 가타리베의 표정도 이 남자처럼 오만했다. 그리고 같은 페이지에 가타리베의 사진보다 더 크게 양아버지 다이몬 사장의 사진도 실려 있었다. 고급스러운 양복을 대충 걸치고 자신만만한 얼굴로 밝게 웃는 모습으로.

'이 사람, 가타리베 씨 양아버지야!'

자신만만하게 웃던 사진 속 모습과는 달리 화가 난 사람처럼 입에 잔뜩 힘을 주고 있었다. 사진보다 많이 야위기는 했지만 틀림없다. 선이 짙은 이목구비나 떡 벌어진 어깨, 근육질 체형, 거무스름한 피부가 사진 속 그 사람과 똑같았다.

다른 사람들도 알아봤는지 순간 가게 안에 정적이 내려앉았다.

유리 벽 너머에 있던 언니의 얼굴에 걱정이 어렸고 가타리베의 미간에도 깊은 주름이 새겨졌다.

다이몬 사장은 커다란 눈에 강한 증오를 담고 가타리베를 노려봤다.

그렇지 않아도 눈빛만으로 사람을 제압하는 카리스마를 가진 사람인데, 그 눈에 상대를 찔러 죽이고도 남을 정도로 노골적인 증오가 들끓고 있었다.

등골이 오싹해진 무기는 심장이 조여드는 압박감으로 아무 생각도 할 수 없었다.

그때 표정을 딱딱하게 굳힌 가타리베가 주방에서 나왔다.

그는 숨죽이고 있는 손님들 앞에서 양아버지에게 허리 굽혀 정중하게 인사했다.

"스토리텔러가 있는 양과자점을 찾아 주셔서 감사합니다. 고객님은 오늘 어떤 제품을 찾으시나요?"

다이몬의 얼굴에 서려 있던 증오가 더 뜨겁고 짙어졌다.

땅바닥에 닿을 듯한 낮은 목소리가 울렸다.

"과자 따위는 필요 없어. 나는 따지러 왔다! 너의 재능을 알아보고 시설에서 데려와 양자로 삼아 준 나를! 최고의 교육을 받게 하고 후계자로 키워 준 은인인 나를 배신하고 행방을 감춰버린 아들에게 따지러 왔다!"

곧게 뻗은 다이몬의 어깨에서 억누를 수 없는 분노가 아지랑이처럼 스멀스멀 피어올랐다.

"도대체 뭐냐! 그 꼴은? 전 세계를 무대로 수백억 엔 대의 거래를 주도하던 네가 고작 이따위 600엔짜리 과자나 팔고 있어? 꼭 널 처음 만났을 때와 같구나. 시설 바자회에서 초등학생답지 않은 영악한 스토리텔링으로 직접 키운 채소를 팔던 그때 말이다! 쓰쿠모, 너 고작 이렇게 살고 싶었어? 변두리에 처박힌 좁아터진 가게에서 이따위 과자나 팔려고 나를 망하게 할 정보를 경찰에 넘긴 거야? 내가 쌓아 올린 눈부신 성과들은 결국 언젠가 다 네 것이 될 거였단 말이다!"

다이몬은 중간중간 거친 숨을 몰아쉬며 날카로운 목소리로 가타리베를 몰아세웠다.

"너 때문에 내 회사는 막대한 배상금을 물게 됐다. 나는 사장 자리에서 쫓겨나고 감옥에 가게 생겼다고! 집행유예가 나와도 사회적으로는 사형 선고를 받은 거나 마찬가지야. 다 잃었어! 너 때문에 전부 다 잃었다고!"

그가 터져 나갈 듯이 힘을 주며 눈을 부릅떴다.

"왜 나를 배신한 거냐! 쓰쿠모!"

무기와 무기 언니, 가게에 있던 손님들 모두 숨을 죽이고 가타리베를 바라봤다. 그는 평소보다 긴장된 표정으로 양아버지의 원망 어린 말들을 묵묵히 받아 냈다. 그리고 가게 안을 천천히 돌아보며 또렷한 목소리로 차분하게 말했다.

"여러분 죄송합니다. 오늘은 이 손님께 남은 시간을 모두 내어 드려야 할 듯하니 여기서 영업을 종료하도록 하겠습니다."

레이지와 친구들이 궁금해서 미치겠다는 얼굴로 줄줄이 가게를 나갔다. 무기는 가게 문에 '오늘은 전체 대관으로 영업을 종료합니다'라고 쓴 안내문을 붙이고 돌아왔다.

이제 어떻게 되는 걸까?

언니도 유리 벽 너머에서 걱정스러운 눈빛으로 상황을 지켜보고 있었다.

"이쪽으로 앉으세요. 고객님 저희 가게는 양과자점입니다. 이왕 멀리까지 귀한 걸음을 하셨으니 제가 고객님께 특별한 과자를 대접해 드리고 싶습니다."

과자점 직원의 말투로 대하는 가타리베에게 더 화가 치민 다이
몬이 차갑게 쏘아붙였다.

"웃기지 마라! 과자 따위로 내 비위라도 맞춰 보려고? 그딴 거
필요 없어!"

언니는 다이몬이 소리칠 때마다 흠칫흠칫 놀라며 어깨를 움츠
러뜨렸다.

무기도 숨이 막힐 것 같았다.

'가타리베 씨, 도대체 무슨 생각인 거예요?'

'지금 저 사람은 분노에 차서 어떤 말도 들리지 않을 거예요. 도
대체 어쩌려고요?'

가타리베는 마구 고함을 질러 대는 다이몬을 냉정하게 바라보
며 말했다.

"진정하시고 잠깐 기다려 주시면 저희 과자가 지금 고객님이 품
고 계신 의문에 답을 드릴 겁니다."

"뭐?"

"일가친척 한 명 없는 소년이 시설에서 자신을 데리고 나와 준,
큰 은혜를 베풀어 준 양아버지의 곁을 왜 떠났는지, 눈부시게 빛
나던 다이몬 다카쓰구라는 태양이 어째서 빛을 잃고 침몰했는지
전부 알게 되실 겁니다."

"흐~음!"

다이몬이 와락 얼굴을 구겼다.

"어떻게 하시겠습니까? 제가 어떤 과자로 어떤 이야기를 들려 드릴지 궁금하지 않으세요?"

그가 부드러운 목소리로 앉기를 권하며 우아하게 테이블 의자를 뒤로 뺐다.

다이몬은 더 화가 난다는 듯 이를 갈았다. 여전히 원망이 가득한 눈을 형형하게 빛냈지만 이야기가 궁금했는지 의자에 앉아 다리를 꼬았다.

가타리베는 주방으로 들어가 언니에게 무언가를 속삭였다. 언니는 긴장한 표정으로 작게 고개를 끄덕였다.

그제야 언니를 본 다이몬은 젊고 아름다운 여자가 있다는 사실에 흠칫 놀랐다. 줄곧 가타리베를 노려보던 눈의 힘을 풀고 셰프복 차림의 언니를 잠시 멍하니 바라봤다. 그러다 곧 다시 표정을 굳히며 코웃음 쳤다.

"흥, 이제야 알겠군. 저 여자 때문이었구나!"

그렇게 말하는 목소리에서 분노와 증오가 느껴져 무기의 목덜미에 오소소 소름이 일었다.

그는 가타리베가 자신의 부정을 입증할 증거를 경찰에 넘기고 사라진 이유가 케이크 가게 점원인 언니 때문이라고 생각하는 듯했다.

젊고 예쁜 여자에게 홀딱 빠져 재능을 낭비하고 있는 거라고.

'저 남자가 언니한테 무슨 짓이라도 하면 어쩌지? 가타리베 씨는 저 남자한테 도대체 뭘 먹이려는 거야?'

무기는 불안해졌다. 다이몬은 아무리 맛있는 케이크를 내놓아도 순순히 인정하지 않을 게 뻔해 보였다. 가시 돋친 추악한 말로 비난할 것이다.

가타리베는 테이블로 돌아와 종이 냅킨 위에 은색 포크와 나이프를 내려놓았다. 그리고는 은색 찻주전자를 기울여 순백의 찻잔에 호박색 차를 따랐다. 무기는 쿵쿵 뛰는 가슴을 누르며 그 모습을 지켜봤다.

심장이 쿵쿵 울릴 때마다 온몸의 신경이 팽팽히 조여드는 바람에 통증이 밀려와 숨조차 쉬기 힘들었다.

"고객님은 홍차보다 커피를 좋아하시지만, 오늘 대접할 케이크에는 아삼티Assam Tea가 잘 어울립니다. 여기에 우유를 넣어서 드셔 보세요. 바로 케이크를 가져오겠습니다."

"홍차 맛 같은 건 몰라. 다 거기서 거기겠지."

역시나 가시 돋친 말을 뱉은 다이몬은 찻잔에 우유를 왈칵 쏟았다. 그 바람에 홍차가 크게 출렁거렸다.

잠시 후 가타리베가 은색 쟁반에 올린 케이크를 가져왔다.

결이 거친 하얀 반죽과 달빛을 띤 크림을 번갈아 쌓아 층을 만들고 위에는 순백의 설탕 가루가 뿌려진 케이크였다. 가장자리는 새하얀 아이스크림과 건포도, 달빛처럼 은은한 크림색 소스로 장식되어 있었다.

"우유 맛 버터크림과 가볍고 담백하게 구운 비스퀴 조콩드 Biscuit Joconde를 쌓아 만든 반달 케이크 미제라블Miserable입니다."

"뭐! 버터크림!"

다이몬이 가게가 울릴 정도로 소리친 탓에 무기는 화들짝 놀랐다. 조리실에 있는 언니도 몸을 움츠렸다.

그가 새빨갛게 달아오른 얼굴로 불같이 화를 냈다.

"내가 매번 말했잖아! 나는 버터크림 케이크가 제일 싫다고! 더럽게 맛이 없었다고! 우리 집은 가난해서 엄마가 일 년에 딱 한 번 크리스마스 때만 장미 장식이 올려진 케이크를 사 줬지. 그 장미 케이크가 꼭 양초를 씹어 먹는 맛이었거든. 크리스마스 때마다 그 케이크를 먹으면서 내가 얼마나 비참하고 우울했는지 알아? 부자 부모를 가진 친구들은 생일이나 크리스마스 때 생크림 케이크를 먹는데 우리 집은 늘 버터크림이었어. 그래서 결심했지. 커서 부자가 되면 두 번 다시는 버터크림 케이크를 먹지 않을 거라고! 그리고 스테이크와 돈가스도 매일 먹을 거라고! 그렇게 다짐하고 밑바닥에서부터 올라왔단 말이다!"

가타리베는 당시 시설에서 주최한 바자회에서 다이몬을 알게 됐다. 그날 이후 그는 자주 시설에 들러 가타리베를 만났다. 그리고 이런 말을 건넸다고 한다.

"나랑 같이 가자, 쓰쿠모. 가난뱅이들이나 먹는 이런 맛없는 케이크가 아니라 이보다 훨씬 고급스럽고 맛있는 케이크를 마음껏 먹게 해 줄게."

가타리베는 선뜻 대답하지 못했다. 그 모습을 본 다이몬은 한 가지 제안을 했다.

"대신 어른이 되면 네가 가진 스토리텔링 재능으로 나를 더 부자로 만들어 주면 되잖니."

무기와 언니가 나중에야 안 사실이다.

당시 크리스마스에 가타리베가 있던 시설을 방문했던 다이몬은 아이들이 쓸데없이 장식만 화려한 버터크림 케이크를 먹는 걸 보고 얼굴을 찌푸렸다고 한다.

"게다가 뭐? 미제라블? 이 말은 프랑스어로 비참하고 불쌍하다는 의미잖아! 지금 내 처지가 그렇다고 말하고 싶은 거냐? 비참한 꼴에 불쌍하고 불행한 밑바닥 인생이라고!"

다이몬은 그대로 접시를 엎어 버릴 듯이 접시를 양쪽에서 잡았다. 그러자 테이블이 덜컹덜컹 흔들리고 밀크티가 찻잔에서 흘러 받침에 고였다.

"내가 이딴 걸 먹을 것 같아!"

"진정하시면 제가 달에게 들은 이야기를 하나 들려 드리죠."

마법 주문을 외우는 듯한 나직한 목소리가 가게 안에 퍼졌다.

그 덕분에 다이몬이 휘저어 놓은 공기도 가라앉고 깨끗하게 정화됐다.

폭풍이 휩쓸고 지나간 후 구름 사이로 내려온 달빛이 조용히 땅을 비추듯이 그의 이야기가 시작됐다.

"어느 동네에 외톨이 소년이 살고 있었습니다. 소년에게는 아버지가 안 계셨고 어머니도 두 살 때 병으로 세상을 떠나셨죠. 일가친척이 한 명도 없었던 소년은 같은 처지의 아이들이 모여 사는 시설에서 자랐습니다."

그는 달빛을 휘감은 듯 부드러운 목소리로 가난한 소년의 이야기를 이어갔다.

"시설은 경제적 사정이 좋지 않았습니다. 그래서 근처 슈퍼에서 팔고 남은 식재료를 싸게 받아 와서 끼니를 해결해야 했죠. 간식이라고는 유통기한이 지난 비스킷뿐이었는데 그나마도 맛이 없었습니다."

다이몬은 여전히 분이 풀리지 않은 찬 표정으로 가타리베를 노려보았다.

"아이들은 시설에서 채소를 재배했습니다. 그리고 자기들이 먹을 채소를 뺀 나머지는 일주일에 한 번 열리는 바자회에서 팔았습니다. 소년은 자기가 파는 채소가 어떤 맛이고 어떤 특성이 있으며, 어떤 일화가 얽혔는지를 미리 알아보고 좌판 앞에서 이야기했죠. 가족이 없는 건강한 아이들이 채소들을 키웠다는 사실도 빼놓지 않았습니다. 소년이 장사하면 채소는 늘 금세 동이 났습니다."

'이건 가타리베 씨 이야기?'

무기 눈이 휘둥그레졌다.

"그러던 어느 날 한 남자가 소년에게 말을 걸어왔습니다. 태양처럼 눈부시게 빛나면서도 조금 고집이 세 보였던 그 남자는 상냥한 목소리로 말했죠. 굉장한 스토리텔링이구나. 꼬마야, 너는 타고난 스토리텔러다."

가타리베는 그때가 떠올리는 듯 지그시 웃었다.

"소년은 스토리텔러라는 말을 그때 처음 들었습니다. 남자는 소년에게 스토리텔러란 세상에 존재하는 모든 물건에서 이야기를 뽑아내, 사람들에게 알기 쉽고 매력적으로 전달해 그 물건을 빛나게 만드는 사람이라고 가르쳐 주었습니다."

무기는 다이몬을 쳐다보았다. 그의 눈에는 여전히 강한 분노가 남아 있었다.

"그는 소년의 이름이 가진 뜻도 알려 줬습니다. 네 이름이 가타리베 쓰쿠모라고? 이거 정말 굉장하구나! '가타리베'가 스토리텔러라는 뜻이거든. 너는 태어날 때부터 신에게 스토리텔링 재능을 선물 받은 모양이구나. 너 말이야, 정말 굉장히 좋을 걸 받은 거야!"

가타리베는 마치 먼 옛날을 그리는 것처럼 허공을 바라보며 말을 이었다.

"소년은 스토리텔러라는 말이 좋았습니다. 그 말을 가르쳐 준 남자도 좋았죠. 소년에게 남자는 눈부시게 빛나는 태양 같은 존재였습니다."

다이몬의 얼굴에 그리움과 씁쓸함이 뒤섞였다.

"그날부터 남자는 자주 소년을 만나 자신의 꿈에 관해 이야기했습니다. 지금은 작은 공장을 운영하는 사장이지만 곧 세계를 상대로 큰 사업을 하는 회사로 키워서 부자가 될 거라고 했죠. 그리고 소년에게 자신을 도와주지 않겠냐고 물었습니다."

다이몬은 그때 자신이 한 말을 떠올렸다.

'쓰쿠모, 네가 우리 회사의 스토리텔러가 되는 거다.'

"그렇게 해서 남자에게 입양된 소년은 멋진 스토리텔러가 되기 위해 열심히 공부했습니다. 남자가 칭찬해 주었던 '가타리베'라는 성에 자부심을 느꼈지요. 그래서 소년은 성을 바꾸기를 거부했습니다. 그 때문에 호적상으로 정식 입양은 할 수 없었지만 남자는 소년에게 거대하고 든든한 보호막이 되어 주었습니다. 소년은 진심으로 그를 존경했고 그의 꿈이 소년의 꿈이 되었죠."

다이몬이 가타리베의 말을 끊으며 끼어들었다.

"뭐야. 과거의 추억으로 나를 회유할 생각인 거야? 어림없지."

가타리베는 다이몬의 말에 신경 쓰지 않고 말을 이었다.

"성인이 된 소년은 남자의 회사에서 일을 시작했습니다. 잇달아 출시되는 혁신적인 제품에서 이야기를 뽑아내 마치 물 만난 물

고기처럼 생동감 있게 풀어나갔죠. '어떻게 하면 더 매력적으로 전달할 수 있을까?', '어떻게 해야 이 제품이 얼마나 훌륭한지를 더 많은 사람에게 알릴 수 있을까?' 그렇게 생각하고 또 생각해서 말을 고르고 콘텐츠를 만들어 선보였습니다. 그런 노력이 성과를 맺어 제품을 구매한 사람들에게 고맙다는 말을 들을 때마다 진심으로 기쁘고 심장이 두근거렸습니다."

가타리베의 입술이 부드럽게 벌어졌다.

그의 미소로 그 시절 그가 얼마나 즐겁게 일했는지를 알 수 있었다.

"스스로 더할 나위 없이 훌륭하다고 생각하는 것에 자부심을 가지고 이야기할 수 있다면, 스토리텔러로서 그보다 더한 기쁨은 없죠."

언젠가 가타리베가 무기에게 들려준 말이다.

그러니 다이몬 밑에서 스토리텔링 능력을 발휘했을 때도 그는 분명 그런 마음이었을 터였다.

가타리베의 마케팅 전략은 크게 성공하여 다이몬의 회사는 나날이 성장해 갔다. 그러던 중 주력 제품의 성능을 속였다는 의혹이 제기되면서 고소를 당하는 일이 벌어졌다.

상대는 회사가 제품에 결함이 있다는 사실을 알고도 숨긴 채 판매했다고 주장했다.

1심 재판은 원고 측의 패소로 끝났다.

결함을 숨겼다는 명확한 증거가 없었기 때문이었다.

원고 측이 주장하는 결함도 우연히 발생한 문제일 뿐 제품 자체에는 문제가 없다는 판결이 내려졌다. 그래서 판매에 지장을 받지 않았다.

다이몬의 완벽한 승리였다. 하지만 진실은 달랐다. 그리고 가타리베가 그 진실을 알아 버렸다.

"자신이 조작된 자료를 진짜라고 말했다는 사실을 알기 전까지 그는 진심으로 행복했습니다."

다이몬이 어금니를 꽉 깨물며 얼굴을 일그러뜨렸다.

가타리베가 가만히 그를 바라봤다.

"양아버지는 진실을 가슴속에 묻으라고 했습니다. 다들 그렇게 한다고. 거짓말이라도 어떻게 말하는지에 따라서 사실은 달라질 수 있다고 말이죠. 너에게는 식은 죽 먹기가 아니냐고도 했습니다. 그러면서 그에게 지금까지 하던 대로 계속 거짓을 이야기하라고 요구했습니다."

굳게 다물린 다이몬의 입술 사이로 작은 신음이 새어 나왔다. 자신이 저지른 죄에 대해 양심의 가책을 느끼는 걸까? 아니면 허물을 싫어하는 상대의 성향과 스토리텔러로서 자긍심을 가볍게 생각했던 실수를 억울해하는 걸까? 무기는 알 수 없었다.

피를 나누지 않은 아버지와 아들의 싸움이 어떤 결말을 맞을지 유리 벽 너머에서 두 손을 맞잡고 지켜보는 언니처럼 무기도 그저 지켜볼 수밖에 없었다.

"병으로 고통받는 사람들과 가족들은 그가 하는 이야기를 믿고 희망이 생겼다고 기뻐했습니다. 그가 죄책감을 덮어 두고 비밀을 지키면 그 사람들도 계속 희망을 안고 살아갈 수 있었을지도 모르죠. 하지만 그건 그들에 대한 기만이고 부정이었습니다."

다이몬이 벌떡 일어나 소리쳤다.

"결국 너는 나를 배신하고 도망쳤잖아."

그러나 가타리베는 흔들리지 않았다.

"그가 훌륭하다고 믿고 이야기했던 상품은 버터 대신 라드Lard를 넣은 크림으로 만든 데커레이션 케이크Decoration Cake였던 셈이죠. 아무리 겉모습을 화려하게 꾸며도 식감이 좋지 않고 느끼한, 고객님이 말씀하셨던 대로 양초를 씹어 먹는 듯한 고약한 맛이 나는 케이크였습니다."

그는 눈을 부릅뜨고 다이몬을 보았다.

"그는 더 이상 양아버지 밑에서 라드가 든 버터크림 케이크를 팔 수 없었습니다. 이것이 그가 양아버지의 죄를 밝힐 증거를 합당한 기관에 넘기고 행방을 감춘 이유입니다."

테이블 위에 있던 홍차는 차갑게 식었고 미제라블 옆에 곁들였던 아이스크림도 녹아버렸다. 다이몬을 바라보던 가타리베의 눈꼬리가 힘없이 떨어졌다. 슬픔의 무게를 감당할 수 없다는 듯이.

무기는 이토록 허무하고 쓸쓸해 보이는 그를 처음 보았다. 아니, 그가 이런 표정을 지을 수 있다고 생각해 본 적이 없었다.

무기가 아는 가타리베는 언제나 침착하고 여유로운 사람이었으니까.

'양아버지 곁을 떠나기 전까지 얼마나 절망하고 괴로워했을까?'

'분명 양아버지도, 양아버지가 개발한 제품도 가타리베 씨에게는 기쁜 마음으로 자신을 전부 바치고 싶었던 존재였을 텐데….'

유리 벽 너머에 서 있는 언니의 눈도 안타까움으로 물들었다.

얼굴에서 분노를 지워 낸 다이몬이 어딘지 서글픈 표정으로 가타리베와 눈을 맞췄다. 이내 고개를 숙이더니 자조하는 소리가 새어 나왔다.

"그랬구나…. 나는 너한테 가짜였어. 그래… 라드가 잔뜩 들어간 버터크림 케이크였어. 그렇다면 이 케이크가 나한테는 제격이구나."

희미한 미소를 띤 그가 포크를 집어 들었다.

그리고 버터크림과 비스퀴 조콩드를 층층이 쌓기만 한 단순한 반달 모양의 케이크를 크게 잘라 입에 넣었다.

"헉! 이럴 수가!"

다이몬의 눈이 충격받은 사람처럼 크게 벌어졌다.

놀란 표정 그대로 입에 든 케이크를 꿀꺽 삼키고 믿을 수 없다는 듯 접시를 내려다봤다.

"뭐, 뭐야. 이거."

그는 방금 자신이 느낀 맛을 믿을 수 없어 다시 한번 확인해야 겠다는 듯 케이크를 크게 잘라 포크 채로 입안 가득 밀어 넣었다.

또 한 번 그의 눈이 크게 벌어졌다.

지금 그의 입속에서 두 번째 기적이 벌어지고 있었다.

다이몬은 놀란 감정을 얼굴에 숨김없이 드러낸 채 입을 우물우물 움직여 케이크를 삼켰다. 다 식어 버린 밀크티까지 꿀꺽꿀꺽 마신 다음에야 참았던 숨을 크게 뱉었다.

접시 위에 있던 반달은 이제 끝만 아주 조금 남았다.

남은 케이크를 물끄러미 바라보던 그가 천천히 입을 열었다.

"이건… 버터크림이 아니야."

"아닙니다. 고객님이 드신 미제라블은 틀림없이 버터크림으로 만든 케이크입니다. 다만 라드가 아니라 최상급의 버터를 사용해 파티시에가 정성을 다해 만들었습니다."

"버터…만 썼다고?"

다이몬은 여전히 충격에서 벗어나지 못했다.

어릴 적 먹었던 양초 맛 버터크림 케이크와는 전혀 다른 맛이었기에 충격이 컸다.

가타리베가 천천히 설명을 이어갔다.

"약간의 소금을 가미한 우유 맛 버터크림과 아몬드 가루를 섞어 담백하게 만든 조콩드를 사용했습니다. 미제라블은 겉모습이 단순하지만 상당한 기술을 필요로 하는 케이크입니다."

그리고 "어떠셨나요?"라고 묻는 가타리베의 질문에 다이몬은 반쯤 얼이 빠진 얼굴로 "맛있어."라고 대답했다.

"보랭 케이스에서 꺼낸 직후 약간 딱딱한 상태로 드시면 버터크림이 입안에서 천천히 녹는 맛을 즐기실 수 있습니다. 그리고 방금 고객님이 드신 것처럼 버터가 녹은 상태로 입에 넣으면 조콩드와 잘 어우러져 한꺼번에 스르륵 녹아내리는 행복을 경험하실 수 있습니다."

"그래서인가? 진하고 깊이가 있는데도 무겁지 않아…. 너무 달지 않게 소금 맛이 적당히 잡아 주고 무엇보다도 입에서 녹아내리는 느낌이… 말로 표현할 수 없을 정도로 정말 황홀했어. 내가 어릴 때 먹었던 버터크림 케이크와는 전혀 달라."

"예전에는 냉동 기술이 지금처럼 좋지 않았습니다. 그래서 주로 보관하기 편하고 오래가는 버터크림 케이크를 만들었죠. 그리고 비용을 낮추려고 라드를 섞는 일도 많았고요. 그러다 보니 좋은 맛을 낼 수 없었던 거죠."

가타리베가 부드럽게 미소 지었다.

"그 후로 제과 전문가들이 순수한 버터만 사용한 맛있는 버터크림 케이크를 만들기 위해 끊임없이 아이디어를 고안하고 노력했습니다. 오랜 세월에 걸친 그들의 노력이 만들어 낸 진짜 버터크림 케이크를 고객님께 꼭 대접하고 싶었어요. 버터크림 케이크는 원래 입안에서 사르르 녹는 맛이 일품인 최고의 음식이거든요."

다이몬이 고개를 끄덕였다.

"사실은 지금도 계속 진화하는 중이죠. 이 케이크에 '미제라블'
이라는 이름이 붙은 이유는 버터크림에 섞는 커스터드를 만들 때
비용을 절약하기 위해 우유 대신 물을 넣었기 때문이라고 합니다.
버터를 아끼려고 라드를 사용한 버터크림 케이크가 떠오르시겠지
만, 설령 실패였더라도 그렇게 하나하나 꾸준히 시도했던 노력이
있었기에 지금 우리가 훌륭한 맛을 즐길 수 있는 것입니다."

골똘히 생각에 잠긴 얼굴로 가타리베의 이야기를 듣던 다이몬
이 접시에 남은 미제라블을 다시 한번 녹은 아이스크림에 찍어서
입에 넣었다.

입에 머금고 천천히 삼키며 여운을 즐기듯이 눈을 감고 나직이
중얼거렸다.

'…아아, 역시 맛있구나.'

다시 눈을 뜬 그는 접시에 남은 아이스크림을 포크로 떠서 깨끗
이 비우고 찻잔을 들어 밀크티도 전부 마셔 버렸다.

"얼마냐?"

다이몬이 물었다.

가타리베가 생긋 웃으며 대답했다.

"값은 치르지 않으셔도 됩니다. 오늘은 제가 고객님께 드리는
특별 서비스라고 생각해 주세요. 값은 다음부터 받도록 하겠습니
다."

"교도소에 들어가면 오지 못할지도 몰라."

"평생 계실 건 아니시잖아요. 긴 인생 중에서 아주 잠시 잠깐일 겁니다."

"어차피 다시 올 생각도 없다⋯."

다이몬이 자리에서 일어났다. 처음 가게에 나타났을 때는 지쳐 쓰러질 듯 위태로워 보였지만, 지금은 다른 사람이라도 된 것처럼 어깨를 으쓱이며 당당하게 걸어 나갔다.

가타리베의 이야기 속에서 소년이 존경하고 따랐던 강렬한 태양처럼 위풍당당하게.

스토리텔러는 그의 늠름한 뒷모습을 향해 정중하게 허리를 숙였다.

"감사합니다. 다음에 또 찾아 주시기를 진심으로 기다리고 있겠습니다."

폐점 시간을 30분 남겨 두고 가게 안으로 들어온 사람은 주말에 자주 위크엔드를 사러 오는 여성이었다. 남자친구로 보이는 젊은 남자와 함께였다.

"왜 이렇게 조용하지?"

남자친구도 이상하다는 듯 가게를 둘러봤다.

뒤이어 다이몬에게 놀라 가게를 나갔던 사람들이 하나둘 들어오기 시작했다.

산뜻한 파란색 카디건을 걸친 주부 후미요가 들어오자마자 가슴에 손을 얹으며 말했다.

"저는 마음이 너무 심란해서 도저히 저녁 준비를 못 하겠더라고요. 그래서 남편하고 딸한테 오늘은 밖에서 먹자고 연락했다니까요."

그러자 그녀의 아들인 소마가 어이가 없다는 듯 끼어들었다.

"엄마, 걱정된다면서 도넛 가게에서 커피를 여섯 잔이나 마셨잖아. 그런데 저녁밥이 들어가기는 하겠어?"

후미요는 무안한 듯 무기를 돌아보며 이야기가 잘 마무리되어 다행이라고 말했다.

리카코와 가에데는 들어오자마자 무기를 와락 끌어안았다.

"으앙, 무기야 정말 다행이야. 나 너무 걱정돼서 아마 1킬로그램은 빠진 것 같아."

"다시 돌아왔을 때 가게 안에 피투성이가 된 사람들이 굴러다니면 어쩌지 하고 얼마나 걱정했다고!"

수줍음이 많은 거구의 회사원은 "저도 그새 살이 쭉 빠진 기분이에요. 아, 오늘의 반달 케이크는 미제라블이군요! 우유 맛 버터에 소금을 살짝 뿌린 버터크림이 정말 맛있는 케이크죠. 저, 이거 포장해 주세요"라고 말했다. 일부러 멀리서 달려와 그와 만났다는 플라밍고 핑크 민소매 셔츠 차림의 대학생도 쇼케이스를 들여다보며 떨리는 가슴을 진정시켰다.

"큰일로 번지지 않아서 다행이에요. 저도 미제라블, 포장해 주세요. 그리고 보름달 케이크는 레몬 벌꿀을 넣은 블랑망제Blanc-manger(우유에 생크림, 설탕 등을 넣어 만든 젤리 푸딩)네요! 이것도 같이 주세요."

그 사이에서 레이지만 입술을 삐죽거리며 얼굴 가득 불만을 담고 있었다.

단골들에게 둘러싸여 있던 가타리베는 평소처럼 온화하고 부드러운 목소리로 대답했다.

"후미요 님. 하늘색 카디건이 정말 잘 어울리시네요. 아, 따님이 선물하신 거군요. 착한 따님을 두셨네요. 요시히사 님도 여전히 핑크가 잘 어울리세요. 알겠습니다. 미제라블을 준비해 드리죠. 저희 가게의 위크엔드가 마음에 드셨다니 정말 감사합니다. 초승달 모양의 사블레Sablé 위에 새콤달콤한 설탕 옷을 입힌 사블레 시트롱Sablé Citron은 어떠실까요?"

언니는 유리 벽 너머에서 바쁘게 과자를 만들고 있었다.

언니가 오븐을 열고 기대에 찬 얼굴로 철판을 꺼냈다. 그러자 버터와 설탕, 바닐라, 아몬드 파우더의 달콤한 향기가 가게 안에 퍼져나갔고 모두가 금세 그 향기에 취해 버렸다.

철판을 내려다본 언니가 만족스러운 미소를 지었다.

무기는 그런 언니를 보면서 분해 죽겠다는 얼굴을 하고 있는 레이지를 도무지 이해할 수 없었다.

분하지만 언니가 너무나 행복해 보이니까 아무 말도 할 수 없다는 그 표정을.

나중에 레이지에게 가타리베 씨는 좋은 사람이고, 범죄자가 아니라고 알려 줘야겠다.

분명 또 분하고 억울해하면서 복잡한 표정을 짓겠지만.

모두가 폐점 시간까지 가게에 남아 이야기를 나누었다. 그때 언니가 동글동글한 초승달 모양의 쿠키가 담긴 접시를 들고 주방에서 나왔다.

달콤한 향기가 퍼지자 모두가 킁킁대며 코를 벌름거렸다.

언니가 수줍게 말을 건넸다.

"오늘 다들 걱정해 주셔서 감사합니다. 이 쿠키는 저희 가게에서 드리는 작은 보답입니다. 아직 뜨거우니 조심해서 드세요."

"우와, 킵펠Kipferl이네요!"

요시히사라고 불리는 케이크 마니아 대학생이 밝은 목소리로 외치자 모두가 환호성을 질렀다.

새하얀 바닐라 설탕을 뿌린 하얀색 쿠키는 아직도 뜨끈뜨끈했다. 한 입 베어 물자 이에 닿는 순간 소리 없이 바사삭 부서지면서 달빛처럼 은은한 맛을 남기고 녹아버렸다.

"음, 맛있어."

"아아, 바삭바삭해."

"모양도 살짝 통통한 게 동글동글한 초승달 같아서 귀엽지?"

"응."

"막 구워서 더 맛있어."

"엄마, 저녁밥 먹을 수 있을까?"

"요시히사, 바닐라 향이 아주 좋아."

"그렇죠? 최고네요. 료고 씨, 저 다음에는 이걸 사러 와야겠어요. 이 초승달을 가져가고 싶어요."

부드러운 미소를 머금은 언니가 접시를 내밀며 말했다.

"레이지 너도 먹어 봐."

아주 잠깐이지만 레이지의 얼굴에 복잡한 감정이 떠올랐다.

"잘 먹을게요. 누나."

레이지는 금세 빙긋 웃으며 쿠키를 집어 입에 넣었다. 다행히 맛은 완전히 취향 저격인 모양이었다.

"우와, 맛있어. 정말 맛있어요. 누나. 진짜요."

"킵펠은 오스트리아 빈의 전통 과자로 마리 앙투아네트가 좋아했다고 알려져 있습니다. 그녀가 결혼해서 파리로 올 때 고향인 오스트리아에서 과자를 만드는 장인을 데리고 왔을 정도라고 하네요. 베르사유 궁전에서 하얗고 달콤한 초승달 과자를 먹으면서 피로를 달래고 고향을 생각했을 겁니다."

노래하듯 이야기를 풀어놓은 가타리베는 포근한 미소를 머금고 언니를 바라봤다. 언니도 해사하게 웃으며 그와 눈을 맞췄다.

◇ ◇ ◇

그날 밤.

목욕을 마치고 방으로 돌아온 무기는 창밖에서 들려오는 말소리에 문뜩 고개를 돌렸다.

언니와 가타리베가 이야기를 나누고 있었다.

가타리베는 무기네 집 바로 옆에 있는 아파트 2층에서 살고, 그집 창문과 언니 방 베란다는 마주 보고 있다. 그가 이사 온 후부터 언니는 잠옷 차림으로 베란다에서, 가타리베는 가운을 걸친 채로 창문에 기대서 종종 이야기를 나누었다.

무기는 커튼 뒤에 숨어 둘을 지켜봤다.

언니가 접시에 담긴 킵펠을 그에게 내밀자, 그가 긴 손가락으로 과자를 집어 입에 넣고 만족스럽다는 듯 천천히 눈을 감았다.

이어 가타리베가 나직하고 부드러운 목소리로 말했다.

"약속을 기억하고 계셨네요. 오늘 밤은 특히 더 사람의 온기가 그리웠어요."

'약속? 무슨 말이지?'

언니도 나긋한 목소리로 수줍게 대답했다.

"그러실 것 같았어요."

"이 작은 달이 저를 또 구했네요. 이 달은 언제 먹어도 항상 제 마음을 편안하게 보듬어 주거든요. 나잇값도 못 하고 꼭 달에게 어리광부리는 기분이에요."

그의 목소리가 평소보다 더 달콤했다.

마치 서로를 깊이 사랑하는 연인과 언약을 나누는 사람처럼.

무기는 자리를 피해 주어야 하나 싶었지만 저런 곳에서 이야기하면 어차피 누군가는 듣게 마련이다.

"그런 소리 하지 마세요. 큰 은혜를 입은 건 오히려 저인걸요. 가타리베 씨가 가게를 계속하자고 하지 않았다면 저는 가게를 닫고 파티시에도 그만뒀을 거예요."

'뭐? 그 정도였어? 하긴, 가타리베 씨가 오기 전에는 손님이 거의 없기는 했지. 그래도 그런 말은 한 번도 한 적 없잖아. 언니!'

무기가 처음 듣는 소리에 놀란 가슴을 진정시키는 사이 가타리베가 달콤한 목소리로 다정하게 대답했다.

"만약 가게 문을 닫았다면 저는 양아버지에게 제 진심을 전하지 못했을 거예요. 가게를 계속해 준 덕분입니다. 그러니 큰 은혜를 입은 건 바로 저입니다."

그가 아주 소중한 것을 입에 담듯이 언니의 이름을 불렀다.

"도카 씨."

애정이 가득 담긴 다정한 울림에 무기까지 가슴이 두근거리고 얼굴에 열이 올랐다.

아마 지금 언니는 홍당무처럼 달아오른 얼굴을 감추고 미칠 듯이 뛰는 심장을 부여잡고 있지 않을까? 보지 않아도 알 것 같았다.

가타리베는 늘 언니를 파티시에라고 불렀다. 단 한 번도 이름을 부른 적이 없다. 이건 마음에 변화가 생겼다는 뜻일까?

'양아버지 일이 일단락돼서 마음이 한결 편해진 덕분인가?'

"그날, 거기서 도카 씨를 만난 건 행운이었어요. 늘 고마워하고 있어요. 양아버지 곁을 떠난 제가 다시 한번 스토리텔러로 살 수 있었던 건 다 도카 씨 덕분입니다. 저는 줄곧…."

'어, 어, 가타리베 씨! 설마 지금 언니한테 고백하려는 거예요?'

"도카 씨가 불편했어요."

'응?'

"일할 때 말고는 보고 싶지 않았고, 개인적으로도 대화를 나누고 싶지 않았어요."

'뭐라고?'

"사적으로는 최대한 엮이고 싶지 않다고 생각했거든요."

'그, 그만!'

"전에도 말씀드렸죠?"

무기도 전에 가타리베 씨가 다가오지 말라고 했다고, 자기를 싫어한다는 말을 언니에게 들은 적이 있다.

지금까지는 언니의 착각이라고 생각했는데 그가 다시 그 말을 꺼냈다. 이번에는 무기도 분명히 들었다.

언니가 울음이 터지기 직전의 목소리로 간신히 대답했다.

"네…. 그렇게 말씀…하셨죠. 아, 알고 있어요. 확실하게 기억하고 있어요."

그가 진지한 어조로 대답했다.

"지금도 그 마음에는 변함이 없습니다."

'뭐라고? 지금 확실하게 못을 박은 거야?! 지금도 불편하다고?'

"저는 '달과 나'에서 아주 오래 일하고 싶어요. 그러니 부디 지금처럼 가게 일 외에 다른 일로는 제게 말을 걸지 말아 주세요."

"…아, 알았어요. 그, 그럴게요."

언니의 목소리가 시들어가고 있었다.

'자, 잠깐만! 그럼, 조금 전까지 그렇게 다정하게 나눈 의미심장한 대화들은 다 뭔데? 그건 사적인 대화가 아니라는 거야?'

하늘에 떠 있는 달 앞에 바닐라 설탕 같은 하얀 구름이 걸려 있었다. 마치 달이 내쉰 한숨처럼. 무기도 달도 답답한 밤이었다.

일곱 번째 이야기

달콤하고 바삭한 초승달

'바닐라 킵펠'

도카가 가게 앞에 쓰러져 있던 남자를 발견한 건 아직 추위가 완전히 풀리지 않았던 2월의 끝자락이었다.

　전날부터 내린 눈으로 도로는 하얗게 덮여 있었다. 맑게 갠 하늘에서 쏟아진 햇살이 그 눈에 반사되어 유난히도 눈이 부셨던 날이었다.

　눈을 치우려고 가게 밖으로 나간 도카는 트렌치코트를 입은 키가 큰 남자를 발견했다. 눈을 밟고 미끄러졌는지 하늘을 보고 똑바로 누워 있었다. 깜짝 놀란 그녀는 바로 남자에게 다가갔다.

　"괜, 괜찮으세요?"

　남자는 누운 채로 눈만 가늘게 뜬 채 나직한 목소리로 말했다.

　"그다지 괜찮지 않은 것 같네요."

　말을 마친 남자는 다시 눈을 감고 고개를 툭 떨어뜨렸다.

'어떡해! 넘어질 때 머리를 다쳐서 죽은 건가? 아니야, 아니야, 일단 구급차부터 부르자!'

도카는 서둘러 앞치마 주머니에서 구식 폴더폰을 꺼내 통화 버튼을 눌렀다. 거기까지는 좋았다. 당황한 나머지 전화를 구급대가 아니라 경찰서로 걸어 버렸다. 게다가 "진정하시고요. 사건인가요? 사고인가요?"라고 묻는 경찰에게 "사, 사, 사건이요!"라고 대답해 버린 탓에 일을 복잡하게 꼬여 버렸다.

하지만 나중에 다시 생각해 봐도 이곳은 도카가 혼자 운영하는 과자점이었고, 그녀 주변에서 일어났던 많은 일을 비춰 봤을 때 그날의 일은 역시 사건이 맞았다.

그것도 아주 큰 대형 사건.

그랬기에 그날 도카는 핸드폰을 한 손에 들고 금방이라도 울음이 터질 듯 울먹이면서 경찰과 구급차가 도착하기만을 기다렸다.

그리고 사흘 후.

"지난번에는 하필 가게 앞에 쓰러져서 폐를 끼쳤습니다. 정말 죄송합니다. 별 건 아니지만 고마움의 표시이니 받아 주세요."

양복에 트렌치코트를 걸친 한 남자가 가게로 찾아왔다. 가타리베 쓰쿠모라고 이름을 밝힌 남자는 니혼바시에 있는 백화점 상호가 들어간 포장지로 예쁘게 포장된 상자를 두 손으로 공손히 내밀었다.

"아니에요. 저야말로 구급차가 아니라 경찰을 부르는 바람에

상해 사건으로 만들었는걸요. 정말 죄송했습니다."

도카는 어깨를 움츠린 채 기어들어 가는 목소리로 대답했다. 집 1층을 개조해서 케이크와 구움과자를 파는 양과자점을 열고 벌써 4년이나 혼자 운영해 왔지만, 아직도 다른 사람과 대화를 나눌 때면 긴장이 됐다.

게다가 앞에 있는 남자는 살짝 긴 흑발에 앞머리를 자연스럽게 내려 이마를 가렸고, 뚜렷한 이목구비에 키도 훤칠하게 커서 모델이나 예술가처럼 보였다. 대충 기른 머리를 하나로 모아 고무줄로 묶고, 화장도 하지 않은 얼굴에 아줌마 같은 검은 안경을 쓴 여자는 그 앞에서 더 주눅 들 수밖에 없었다.

고개를 숙인 채로 주춤주춤 상자를 받아 든 도카가 자신도 뭔가 답례해야 하지 않을까 고민하던 그때 남자가 말했다.

"맛있는 냄새가 나네요."

남자가 왠지 긴장이 풀리고 편안해졌다는 듯이 조용히 말을 이었다.

"정신을 잃었을 때도 똑같은 냄새가 났었어요. 이 가게에서 나는 냄새였군요. 아, 정말 맛있을 것 같네요."

중저음의 부드러운 목소리를 타고 천천히 흘러나온 그의 목소리가 버터와 바닐라의 달콤한 향기 속에 녹아들었다. 머릿속이 몽롱해졌다.

'아, 어쩌면 목소리가 저렇게 멋질까….'

"저, 괜찮으시면 드셔 보실래요? 지금 막 구웠거든요."

무언가에 홀린 듯이 입에서 그런 말이 나온 이유도 그의 목소리에 마음을 빼앗겼기 때문이다.

"제가 시간을 딱 맞춰 왔네요. 그래도 될까요?"

좁은 가게지만 벽 쪽에 두 사람이 앉을 수 있는 작은 나무 테이블 하나와 의자 두 개가 있었다. 도카는 그를 테이블로 안내한 뒤에 냅킨을 간 종이 접시에 담은 쿠키를 종이컵에 따른 홍차와 함께 내왔다. 동글동글한 초승달 모양의 쿠키에 바닐라 설탕을 뿌린 킵펠이었다.

가타리베는 트렌치코트를 벗고 양복 차림으로 앉아 있었다. 온통 갈색으로 뒤덮인 멋없는 가게는 누가 봐도 잘생긴 데다 입고 있는 옷까지 세련된 남자와는 조금도 어울리지 않았다.

사실 매장 안 테이블에 손님이 앉는 일 자체가 거의 없었다. 평소보다 더 어깨를 움츠리고 뻣뻣하게 군은 도카는 간신히 몸을 움직여 킵펠을 담은 종이 접시를 테이블 위에 놓았다. 접시를 본 그가 다시 편안한 얼굴로 눈을 가늘게 접었다.

"초승달 모양이네요. 멋진데요? 그리고 보니 가게 이름도 '달과 나'였죠? 케이크 가게치고는 독특한 이름인데 그렇게 정한 이유가 있나요?"

"아, 그, 그게… 엄마가 안데르센의 '그림 없는 그림책'을 좋아하셨어요."

"아, 다락방에 사는 화가에게 밤마다 달이 찾아와서 이야기를 들려주는 동화 말이죠?"

"저… 저도 달님 같은 과자를… 모두에게 만들어 주고 싶어서…."

"달님 같은 과자요?"

"아, 그러니까 그게…."

도카가 뭐라고 설명해야 좋을지 몰라 횡설수설할 때 가타리베의 다정한 목소리가 이어졌다.

"아! 알겠어요. 늘 우리 뒤를 조용히 따라오는 달처럼 다정하고 마음이 든든해지는 그런 과자 말이군요?"

그가 그녀가 하고 싶었던 말을 멋지게 정리해 주었다.

"그럼, 이 사랑스러운 달을 한번 먹어 볼까요?"

가타리베는 긴 손가락으로 동글동글한 초승달 모양의 쿠키를 집어 입에 넣었다.

"…"

쿠키를 먹은 그는 묘한 표정을 지었다. 혹시 입에 맞지 않는 걸까? 마음이 조마조마했다.

그가 묘한 표정 그대로 쿠키를 한 개 더 집어서 입에 넣고 다시 천천히 씹어 삼켰다.

"…"

다시 침묵이 이어졌다.

그리고 또 하나, 또 하나….

'역시 맛이 없나 봐. 억지로 먹고 있는지도 몰라. 혹시 예전 다과회 때처럼 재료를 잘못 넣었나?'

도카가 최악의 상황을 상상하다가 긴장으로 위경련을 일으킬 것 같던 순간 그가 입을 열었다.

"정말 달빛을… 먹는 기분이군요."

무슨 뜻인지 이해되지 않아서 도카는 눈만 끔뻑거렸다.

가타리베의 입매가 부드럽게 올라갔다.

"정말 맛있습니다."

암흑이었던 그녀의 마음에 환하게 불이 밝혀졌다.

"감사합니다."

도카가 연신 고개 숙여 인사하자 그가 말했다.

"다른 과자도 궁금하네요."

그는 쇼케이스에 진열된 갈색 케이크 중에서 겉은 바삭하고 속은 촉촉한 카눌레Cannelé와 사과를 넣어 구운 타르트, 블랙체리 잼을 채운 가토 바스크Gâteau Basque, 버터 향이 진한 피낭시에까지 한꺼번에 주문했다.

그는 과자를 입에 넣을 때마다 감탄 어린 표정으로 도카에게 하나하나 어떤 과자인지 물었다. 도카는 더듬거리며 어느 것 하나 제대로 설명하지 못했다. 하지만 그때마다 그는 점점이 끊어지는 그녀의 말들을 주워 담아 이어 붙였다.

"아하, 가토 바스크의 표면에는 십자가 모양이 새겨져 있군요. 각각 태양과 물, 땅과 불을 표현하면서 자연과 더불어 사는 인간의 삶을 보여 주는군요. 정말 심오한 뜻을 가졌네요. 바삭바삭한 겉면은 힘이 있고 속은 촉촉하고 진하면서 달콤해요. 가토 바스크에서 자연의 숨결이 느껴지네요."

그의 입에서 멋지고 맛있는 문장이 태어났다.

그의 말들이 반짝반짝한 빛이 되어 팔리지 않아 늘 쇼케이스 안에 남아 있던 평범한 갈색 과자들 위에 솔솔 뿌려졌다. 가슴이 두근거렸다.

맛있다고 칭찬하는 그의 말에 가슴이 벅찼다. 도카는 그 순간 가게를 열길 잘했다고 생각했다.

"감사합니다. 다음 달에 가게 문을 닫으려고 했는데 그 전에 이렇게 맛있게 드셔 주시는 분을 만나서 기쁘네요."

"가게 문을 닫으세요? 왜요?"

"그게…, 전혀 팔리질 않아서…. 계속 적자거든요. 저도 이제 젊지 않은 나이라 더 늦으면 직장을 구하기도 어려울 것 같아서…."

'잘 알지도 못하는 사람에게 내가 왜 이런 말까지 하지?'

갑자기 부끄러워진 도카가 새빨개진 얼굴로 말끝을 흐리자 가타리베가 일말의 주저함도 없이 단호하게 말했다.

"그렇군요. 어쩌면 이 가게의 과자가 팔리지 않는 건 당연합니다. 그럴 만도 하죠."

너무하다 싶을 만큼 명확하게 정곡을 찔렀다.

당황한 도카는 "네?"라고 되물었다.

"이 가게나 과자들. 그리고 이곳의 파티시에인 당신까지, 어느 것 하나 스토리가 보이지 않거든요. 정말 안타깝네요."

"저기, 스토리…라뇨. 그게 무슨 말씀인지?"

도카가 그렇게 물었을 때 평소에는 그렇게 기다려도 오지 않던 손님이 때마침 가게 문을 열고 들어왔다.

"어, 어서 오세요."

도카는 가타리베에게 살짝 고개 숙여 양해를 구하고 급히 카운터 안쪽으로 돌아갔다.

40대 주부로 보이는 여자가 선반에 진열된 과자 상자들을 둘러보다가 말을 걸었다.

"저희 집 공사를 맡아 준 회사 분들에게 선물하려고 하는데 어떤 게 좋을까요? 개별 포장으로 열 개 정도 들어 있으면 될 것 같아요."

"아, 그러니까, 저기…."

손님 응대가 서툰 도카는 갑작스러운 질문에 우왕좌왕하기 시작했다.

그 순간 가타리베가 앞으로 내렸던 머리를 두 손으로 부드럽게 넘기며 자리에서 일어섰다.

예술가 같던 분위기가 단정한 호텔리어로 바뀌어 있었다.

"그러시면 피낭시에 세트가 어떠실까요?"

그가 나직한 목소리로 친절하면서도 자연스럽게 손님에게 말을 건넸다.

잘생긴 외모 때문일까? 여자도 조금은 반기는 눈치였다.

"아, 피낭시에요?"

"네. 피낭시에는 프랑스어로 부자라는 의미죠. 보시는 것처럼 황금색을 띤 과자의 색과 모양이 골드바를 떠올리게 하기 때문입니다."

조금 전 도카가 그에게 설명한 내용이었다. 지금과는 달리 횡설수설 뒤죽박죽이었지만.

"예전에 파리 증권거래소 주변 금융가에 있는 제과점에는 행운을 바라며 피낭시에를 사러 오는 사람들이 몰려들었다고 합니다."

여자는 노래하듯 잔잔히 이어지는 그의 목소리에 저항 없이 빨려 들어갔다. 그의 말이 뿌려질 때마다 갈색이었던 피낭시에가 황금빛으로 변해 갔다.

"저희 가게 피낭시에는 최상품의 에쉬레 버터Echire Butter를 듬뿍 넣어서 정성스럽게 구웠습니다. 적당히 오독한 식감을 가진 끝은 향긋하고, 안은 촉촉하고 부드럽죠. 씹을 때마다 버터가 사르륵 배어 나옵니다."

"어머나, 맛있겠다."

"네. 상당히 고급스러운 맛이지요."

"이걸로 할게요. 열두 개 든 세트랑 집에서 먹게 따로 여섯 개만 포장해 주세요."

여자는 선물용 세트만이 아니라 집에서 먹을 피낭시에까지 구매했다.

"빨리 먹어 보고 싶네요."

손님이 설레는 얼굴로 가게를 나설 때도 가타리베가 우아하게 허리를 굽히며 배웅했다.

"감사합니다. 다음에 다시 찾아 주시길 진심으로 기다리고 있겠습니다."

도카는 계산대에서 멍하니 그 모습을 지켜봤다.

안경이 반쯤 미끄러져 내려와 있었지만 고쳐 쓸 생각도 하지 못했다.

'방금 무슨 일이 벌어진 거지?'

피낭시에가 눈 깜짝할 사이에 팔리고 손님이 생글생글 웃으면서 가게를 나갔다.

손님을 배웅한 가타리베는 가게 한가운데 서서 몸을 바르르 떨고 있었다.

"아, 이 느낌… 지금까지 잊고 있었어요. 즐겁고 신나서 참을 수 없는 이 기분. 소름 끼치도록 짜릿하네요."

마치 헛것이라도 보는 사람처럼 목소리를 높이던 그가 갑자기 활짝 웃으며 도카에게 고개를 돌렸다.

"파티시에! 가게 영업 계속하시죠. 오늘부터 제가 이 가게의 스토리텔러가 되겠습니다. 파티시에가 만든 과자에서 이야기를 뽑아 팔아 보겠습니다. 방금 제가 가진 스토리텔러의 본능이 다시 눈을 떴거든요!"

도카는 당황했다.

"저기, 본능… 아, 아니. 저는 직원을 고용할 여유가 없어요. 그리고 다음 달에 문을 닫으려고…."

"닫지 마세요! 절대 적자가 나지 않을 겁니다! 이 가게에서 필요했던 건 바로 저였으니까요."

그의 얼굴이 기쁨으로 가득 찰수록 그녀의 머릿속은 점점 더 뒤죽박죽되었다.

"하지만 저기, 저는… 아줌마고 손님은 여기보다는 다른 데 취직을…."

"파티시에가 아줌마면 저는 오늘내일하는 할아버지예요! 안 되겠네요. 가게를 새로 단장하기 전에 파티시에의 생각부터 뜯어고쳐야겠어요."

그가 도카의 팔을 잡더니 힘주어 말했다.

"갑시다!"

"네? 어, 어딜요? 이런 차림으로요? 저기, 왜 이러세요. 저기, 저기요?"

가타리베는 자기가 입고 있던 트렌치코트를 벗어 더러워진 세프복을 입고 있는 도카의 어깨에 걸쳤다.

"일단 이걸 입어요. 택시를 타고 이동할 거니까 차림은 신경 쓸 필요 없습니다. 파티시에는 이제 새로 태어날 테니까요."

'새로 태어난다고…? 내가?'

그가 핸드폰으로 택시를 불렀다. 잠시 후 가게 밖에서 클랙슨 소리가 울렸다. 시원한 향이 나는 헐렁한 트렌치코트에 감싸인 채로 허둥지둥 가게 문을 잠근 도카는 가타리베의 손에 이끌려 택시에 탔다.

도착한 곳은 시내에 있는 회원 전용 헤어살롱이었다.

"가, 가, 가, 가타리베 씨!"

도카는 아무리 봐도 자신에게는 전혀 어울리지 않는 화려한 내부와 하나같이 멋지게 꾸민 직원들을 보고 하얗게 질렸다. 가타리베는 그런 그녀에게 "여기 선생님 실력은 확실하니까 마음 푹 놓고 맡기세요. 저는 끝날 때쯤 오겠습니다."라는 말만 남기고 가 버렸다.

혼자 남겨진 도카는 눈앞이 뱅글뱅글 돌았다.

정신없이 벌어진 일들이 도무지 현실 같지 않았다.

분명 오늘 아침에도 평소처럼 세수만 하고 고무줄로 머리를 질끈 묶었다. 작업용 셰프복을 입고 주방에서 평범한 케이크를 구우면서 이런저런 생각에 한숨을 내쉬었다.

'아무래도… 다음 달에는 문을 닫아야겠어.'

'무기가 아직 고등학생이니 대학 학비는 남겨 둬야 해. 더는 저축에 손대면 안 돼.'

교통사고로 돌아가신 부모님의 보험금으로 꽤 많은 돈을 받았을 때 동생은 "이 정도면 1층에 가게를 열 수 있지 않을까? 난 언니가 과자점을 했으면 좋겠어."라는 말로 도카를 응원했다. 도카도 무기의 응원에 힘입어 꿈을 이뤄 보고 싶었다. 하지만 안타깝게도 현실은 그리 녹록지 않았다.

그나마 임대료와 인건비가 들어가지 않아 지금까지는 어찌어찌 버텨 왔는데 매달 적자였다. 그리고 이제는 한계였다.

처음에는 쇼트케이크나 무스 같은 생크림 케이크도 내놓았는데 거의 팔리지 않았다. 매일 버려지는 케이크를 보는 일이 마음 아파 결국 며칠씩 두고 팔 수 있는 갈색 과자들로만 쇼케이스를 채우게 됐다.

'도카糖花는 과자 만드는 걸 정말 좋아하는구나. 이름에 설탕糖이 들어 있어서 그런가?'

도카는 어릴 때부터 부엌에서 큰 볼을 끌어안고 재료를 열심히 뒤섞거나 반죽을 주무르며 놀곤 했다. 돌아가신 엄마는 그런 딸을 늘 흐뭇한 표정으로 바라봐 주셨다.

"엄마, 나는 크면 과자점을 차릴 거야. 모두가 내가 만든 과자를 먹었으면 좋겠어."

"그럼, 사람들이 우리 딸이 만든 과자를 사러 오겠네? 도카는 매일 행복하겠다."

"응, 행복해!"

그런데 가게를 시작하고 행복했던 적이… 있었던가?

가게를 열기 전에는 분명 설레고 행복했다. 시작하고도 얼마 동안은 행복했던 것 같은데…. 그 행복이 언제 어떻게 멈췄는지 기억나지 않았다.

가타리베가 선물을 들고 가게를 찾아온 건 그런 생각을 하고 있던 때였다.

그 뒤로 고작 몇 시간이 지났을 뿐인데 도카는 의자에 앉아 머리를 하고 있다.

그녀를 담당한 사람은 가타리베보다 조금 연상으로 보이는 남자였다.

"머릿결이 참 좋네요. 그런데 숱이 조금 적고 탄력이 없어서 금방 볼륨이 꺼져 버리겠어요. 파마해서 풍성하게 볼륨을 살려 봅시다. 그편이 훨씬 예쁠 거예요. 색도 검은색보다는 밝고 부드러운 색이 잘 어울릴 것 같아요."

여성스러운 말투의 미용사가 기대된다는 듯 이런저런 이야기를 하면서 머리카락에 약을 바르고 헤어롤을 감았다.

'예쁠 거라고? 그럴 리가.'

'그래, 그럴 리가 없어.'

'나는 옛날부터 촌스러웠는걸. 무기 친구 레이지도 내가 무기

엄마인 줄 알았다고 할 정도로 노안이잖아.'

가타리베는 "파티시에의 생각부터 뜯어고쳐야겠어요."라고 말했지만 아무리 생각해도 그건 무리였다. 이렇게 멋진 살롱에서 머리 모양을 바꿨는데도 여전히 촌스러운 아줌마 같으면 그도 분명 실망할 테고 가게를 계속하자는 말도 거두겠지.

어차피 그렇게 정리될 거다. 하지만⋯. 과자를 맛있게 먹으며 칭찬을 늘어놓은 그의 실망한 얼굴을 상상하니 가슴에서 저릿한 감각이 올라왔다.

도카는 머리 색깔을 바꾸고 파마를 한 뒤에 이것저것 전체적으로 가볍게 다듬고 눈썹도 정리했다. 마지막으로 메이크업까지 받고 나서야 겨우 풀려났다.

"안경 한번 써 보세요."

재촉하는 미용사의 말에 자신의 검은 안경을 쓰고 거울을 본 순간 그녀는 소리 지를 뻔했다.

거울 속에서 놀란 얼굴로 자신을 바라보고 있는 여자는 오늘 아침 세면대 거울에서 본 여자와는 전혀 다른 사람이었다.

어둡고 무거웠던 머리카락은 부드러운 갈색으로 바뀌었고 힘없이 주저앉아 버리던 가는 직모에 숱도 적었던 머리는 자연스러운 곡선을 그리며 작은 얼굴을 풍성하게 감싸고 있었다.

그것만으로도 충분히 다른 사람이었다. 다듬어진 눈썹은 우아했고 눈가에 옅은 라인을 그리고 밝은색으로 채운 눈은 원래보다 훨씬 크고 또렷해졌다. 은은한 장미색이 도는 뺨과 립스틱과 립글로스를 발라 도톰하게 반짝이는 입술까지. 아무리 봐도 자기 얼굴이 아니었다.

'이 사람은… 누구?'

깜박깜박 눈을 감았다 뜨니 거울 속에 있는 여자도 똑같이 눈을 깜박였다.

살짝 입을 벌려 보았더니 상대도 똑같이 입을 벌린다.

"어때요? 엄청난 미인이 됐죠? 아니, 이렇게 예쁜 얼굴로 어떻게 그렇게 촌스러운 아줌마 분위기를 내고 다녔어요? 그게 더 대단해요."

'미인? 내가?'

확실히 도카의 눈에도 지금 거울 속에 있는 사람은 반짝반짝 빛나는 미인으로 보였다. 촌스러운 검은 안경을 쓰고 있는데도.

"방금, 쓰쿠모 씨한테 연락이 왔어요. 아래 카페에서 기다리고 있대요. 쓰쿠모 씨가 놀라는 모습을 보고 싶었는데 안 올라온다네요. 아, 아쉬워라. 뭐, 어쩔 수 없죠. 어서 가서 깜짝 놀라게 해 줘요. 아, 비용은 쓰쿠모 씨가 냈으니까 신경 쓸 거 없어요."

쓰쿠모가 가타리베 씨의 이름인 모양이었다.

"아, 맞다! 이제 구부정하게 어깨를 말지 마세요. 고개도 숙이면 안 돼요. 등을 곧게 펴고 똑바로 정면을 봐요. 그러면 더 예뻐질 테니까."

"수고하셨습니다. 정말 감사해요."

조언까지 잊지 않는 미용사에게 꾸벅 고개를 숙여 인사한 도카는 아래층 카페로 향했다. 안으로 들어서자 사람들의 시선이 전부 그녀에게로 쏠렸다.

'다들 날 쳐다보고 있어. 역시 어딘가 이상한 걸까?'

이상하기는 했다.

도카는 지금 가타리베의 트렌치코트를 입고 있었으니까. 너무 커서 소매는 접어 올렸고 옷자락도 들고 있었다.

'아, 저 남자는 입까지 벌어졌어.'

'저쪽 사람들은 나를 보고 뭔가 속닥거리고 있고.'

다시 어깨가 움츠러들었다. 그때 가타리베의 모습이 보였다.

그는 자리에 앉아 몸을 약간 기울인 채 도카를 똑바로 바라보고 있었다.

놀란 표정도 아니고 어이없다는 표정도 아니다. 그저 조용히 똑바로 바라보기만 했다.

도카는 불안하게 흔들리던 마음을 누르고 미용사가 해 준 조언이 떠올렸다. 등을 곧게 펴고 얼굴을 들었다.

주변의 눈치를 보지 않고 양복을 입은 훤칠한 남자만을 바라보며 똑바로 걸었다.

"마, 많이 기다리셨죠?"

그가 있는 테이블까지 온 그녀는 맞은편 자리에 앉았다.

가타리베는 여전히 아무 말 없이 그녀를 바라보기만 했다.

"…."

길어지는 침묵에 도카가 다시 불안해지려고 할 때쯤 그가 갑자기 손을 뻗어 그녀의 안경을 벗겼다.

"…!"

그의 얼굴이 흐릿해졌다.

동시에 괴로운 듯한 목소리가 귓가에 울렸다.

"이거 참 난처하네요."

온몸의 피가 빠져나가는 기분이었다.

그가 곤란해하고 있다.

아직도 자신이 늙은 아줌마 같기 때문일까?

"제가 생각을 잘못했어요."

역시 그랬다.

이미 예상은 했지만 기대했을 그에게 미안해서 가슴에 얼어붙은 돌이 얹어진 것처럼 마음이 무거웠다. 그 순간 그가 더 깜짝 놀랄 말을 했다.

"생각보다 훨씬 더 아름다워요."

도카는 눈을 동그랗게 뜨고 그대로 얼어붙었다.

그가 지금 어떤 얼굴을 하고 있는지는 알 수 없었다. 하지만….

'나…, 합격인 건가?'

"이거 참, 파티시에가 정말 대단한 스토리를 보여 주시네요. 파티시에의 가슴 속에는 더 많은 이야기가 숨어 있겠죠? 그 이야기들을 끌어낼 생각을 하니 벌써 기대가 되는군요."

가슴에 스며들 정도로 다정한 목소리였다.

"콘택트렌즈부터 맞추러 갑시다. 옷도 새로 사야겠어요. 아, 맞다. 사이즈가 맞지 않는 셰프복도 바꿉시다. 옷감도 낡았고 색도 누레졌어요. 앞으로는 셰프복을 더러워져도 상관없는 작업복이 아니라 파티시에의 아름다움을 돋보이게 해 줄 무대 의상이라고 생각해요. 핏이 예쁘고 옷감도 좋은 것으로 주문하죠."

어디가 좋을까요? 가타리베가 고급 브랜드명을 하나씩 읊으며 자리에서 일어섰다.

도카가 황급히 말을 꺼냈다.

"저, 저기 안경을."

"아, 이건 집에 갈 때까지 제가 맡아 두도록 하죠."

"하지만 저는 안경이 없으면 아무것도 안 보여서 걷지 못해요."

그러자 그가 그녀를 향해 가볍게 굽힌 오른팔을 정중하게 내밀었다.

"제가 있지 않습니까. 자, 잡으세요."

남자의 팔을 잡고 걷다니. 오늘 아침까지만 해도 상상조차 할 수 없는 일이었다. 하지만 다정하고 상냥한 그의 목소리에 도카의 손이 자연스럽게 움직였다.

단단하고 듬직했다. 가늘고 힘없는 자신의 팔과는 비교할 수 없을 정도로. 도카는 문득 이 팔이라면 밀가루나 설탕 포대도 가볍게 들어 올릴 수 있겠다고 생각했다.

가타리베가 도카와 보조를 맞추며 천천히 걸었다.

"파티시에를 기다리는 동안 가게와 과자들이 만들어 낼 이야기를 생각하면서 설레는 시간을 보냈어요. 머릿속에 아이디어가 계속 떠올랐거든요. 파티시에에게 빨리 얘기하고 싶어서 조바심이 나던 참이었어요."

천진하게 기뻐하는 그의 모습은 꼭 여름방학을 맞은 초등학생 같았다.

"들어 보실래요?"

그의 흥분에 전염된 것처럼 도카의 가슴도 콩닥콩닥 뛰었다. 그녀도 수줍게 웃으며 대답했다.

"네. 듣고 싶어요."

콘택트렌즈를 끼고, 우아한 블루그레이색의 캐시미어 니트에 반짝이는 펄화이트 롱스커트를 입고 돌아온 언니를 보고 무기는 눈을 동그랗게 떴다.

"어, 언니 맞아?"

옷과 안경만이 아니라 머리 모양도 달라졌다. 화장까지 했고.

처음에는 넋이 반쯤 나가 누구시냐고 물을 뻔했다. 언니가 "다녀왔어. 무기야."라고 먼저 말하지 않았다면 끝까지 알아보지 못했을 정도다.

"어떻게 된 거야? 언니! 무슨 일 있었어? 그리고 이 남자분은 또 누구고?"

무기는 고급스러운 양복을 입고 언니 옆에 서 있는 키 큰 남자에게 시선을 돌렸다. 언니가 남자랑 같이 있다니, 누구보다 언니를 잘 아는 동생에게는 그것만으로도 충분히 놀랄 일이었다.

그런데 언니가 머뭇거리며 하는 말을 들은 무기는 그대로 기절할 뻔했다.

"아…, 이분은 가타리베 씨야. 앞으로 우리 가게에서 일하시기로 했어."

"처음 뵙겠습니다. 동생분이시군요. 앞으로 '달과 나'의 스토리텔링을 맡기로 한 스토리텔러 가타리베 쓰쿠모라고 합니다. 잘 부탁드립니다."

말문이 막혀 버린 무기는 당황한 채 눈동자만 이리저리 굴렸다. 그리고 일단 가장 먼저 머릿속에 떠오른 궁금증부터 해소하기로 했다. 무기는 경계심 가득한 목소리로 물었다.

"스토리텔러가 뭔데요?"

그날부터 가게 리모델링과 새로운 포장 용품 주문, 신메뉴 개발이 정신없이 이어졌다. 봄에 벚꽃 구경할 여유도 없이 눈 깜짝할 사이에 지나갔다.

가게를 새로 단장하려면 무기의 대학 등록금으로 남겨 둔 저금을 써야 했기에 도카는 계속 망설였다. 하지만 무기는 걱정하지 말라며 언니를 안심시켰다.

"나 정도면 장학금을 받을 수도 있어. 대학생이 되면 괜찮은 아르바이트도 할 수 있으니까 신경 쓰지 마. 나는 언니를 응원해. 그러니까 돈은 언니가 필요한 곳에 써!"

가타리베도 자신 있게 말했다.

"제가 있으니까 절대 적자가 날 일은 없을 겁니다. 투자한 돈은 금방 몇 배로 회수할 수 있을 거예요."

자신만만한 그의 태도에 도카는 혹시 이 사람이 사기꾼이 아닌가 걱정도 됐다. 하지만 다행히도 리모델링 공사가 진행되는 동안 가타리베가 돈을 가지고 도망치는 일은 벌어지지 않았다. 도망이 아니라 오히려 옆 아파트로 이사까지 왔다.

벚꽃이 다 떨어졌을 무렵의 어느 날. 도카는 잠옷 차림으로 가게 2층에 있는 자기 방 베란다에서 달을 보며 말했다.

"벚꽃은 졌지만 달님은 늘 제 곁에 있네요. 달님, 저 다시 힘낼게요. 지켜봐 주세요."

혼자 작게 중얼거린 말이다. 그런데 대답이 돌아왔다.

"네. 곁에서 지켜보겠습니다."

'달님?'

하지만 목소리는 하늘이 아니라 바로 앞에서 들려왔다.

"파티시에의 이야기를 저에게 보여 주세요. 제가 말로 풀어내 드릴게요."

고개를 돌려 보니 마주 보는 아파트 창문에 가운을 걸친 가타리 베가 서 있었다.

"인사가 늦었습니다. 저, 이쪽으로 이사 왔어요. 아무래도 직장 에서 가까운 편이 편할 거 같아서요."

그가 별일 아니라는 듯 태연한 얼굴로 말했다.

그러더니 놀라서 할 말을 잃고 눈만 깜빡이는 도카에게 "아, 잠 시만 기다려 주세요. 파티시에에게 드릴 게 있거든요."라는 말을 남기고 안으로 사라졌다. 잠시 후 돌아온 그는 은색 리본이 달린 작은 상자를 들고 있었다.

"이사 왔으니까 인사도 하고, 가게 리뉴얼 오픈도 축하할 겸 해 서 준비해 봤어요. 내일 드리려고 했는데 얼굴 본 김에 지금 드릴 게요. 자, 받으세요."

"네? 받아도 되나요?"

"그럼요. 당연하죠."

그가 부드럽게 미소 지었다.

하지만 도카는 불과 며칠 전에 그에게 가게 일이 아니면 사적으 로는 말 걸지 말아 달라는 말을 들었다. 진지한 얼굴로 자신에게 다가오지 말라고 말했던 사람이다.

그녀는 그 말을 듣고 우울해졌지만 가타리베의 태도는 전과 똑같았다. 지금도 다가오지 말라고 해 놓고서 정작 본인은 옆집으로 이사 와서 리본이 달린 선물 상자까지 주고 있다.

"하지만 가타리베 씨, 가게 일이 아니면 말 걸지 말라고 하셨잖아요. 제가 정말 이걸 받아도 되나요?"

"이것도 가게와 관련된 일이에요."

그가 주저 없이 대답했다.

어디까지가 일이고 어디부터 일이 아닌 걸까? 도카는 혼란스럽기만 했다. 하지만 그가 일부러 준비한 선물이니 일단 리본이 달린 작은 상자를 받았다.

"열어 봐도 되나요?"

"네."

은색 리본이 달빛을 받아 반짝였다. 리본을 풀고 파란색 상자를 열어 보니 달빛을 흘려 넣은 듯 은은한 은빛이 섞인 분홍색 초승달 두 개가 가지런히 놓여 있었다.

피어싱이었다.

초승달 모양으로 세공된 보석이 아름답게 반짝였다.

"어머, 너무 예쁘네요…."

"파티시에는 뛰어난 재능을 가졌으면서도 자신감을 잃을 때가 많은 것 같아서요. 요즘 또 고개 숙이고 다니시기에."

요즘 우울했던 이유는 그에게 다가오지 말라는 말을 들었기 때문이다. 그렇지만 그는 전혀 모르는 눈치다. 어쩌면 알고도 모르는 척하는 건지 모르지만.

"그건 부적이에요. 항상 달과 함께 있다고 생각하면 용기가 나지 않겠어요? 밤새 자전거를 타고 달렸던 날, 아침에도 떠 있던 달을 보고 용기를 얻었던 것처럼요."

그가 자신이 했던 말을 기억하고 분홍색 초승달을 골랐다고 생각하니 따뜻한 기운이 심장에서부터 온몸으로 퍼져 나갔다.

"감사해요. 그런데 저는 아직 피어싱 구멍을 뚫지 않았는데."

"뚫으면 되죠. 피어싱이라면 귀걸이처럼 조리 중에 빠질 걱정도 없으니까요."

"네. 그렇게 할게요."

도카가 피어싱 구멍을 뚫지 않았다는 사실을 그가 몰랐을 리 없었다. 그런데도 펜던트나 머리핀이 아니라 피어싱을 선물했다.

가끔은 이렇게 막무가내인 면이 있기는 하지만 그래도 그는 늘 자상했고 같이 일하는 파트너로 존중하며 배려했다. 그리고 가끔 불쑥 영문 모를 소리로 듣는 사람을 우울하게 만들기도 했다. 그래도 가타리베는 자상한 사람이었다.

달은 하늘에서 도카를 지켜봐 주지만 그는 바로 옆에서 다정하게 도카를 지켜 주니까.

초승달 모양의 피어싱을 도로 상자에 넣은 도카는 보물이라도 되는 듯 가슴에 꼭 안았다.

"너무 받기만 해서 이걸 다 어떻게 갚아야 할지 모르겠어요."

가타리베가 가게에 찾아왔던 그 날부터 그녀는 그에게 용기와 열정, 희망과 설렘 등 말로 할 수 없을 정도로 많은 것을 받았다.

"아니에요. 파티시에가 앞으로 들려줄 모든 스토리가 제게는 최고의 선물인걸요."

가타리베는 미소를 머금은 채 도카를 보았다.

"한 가지만 부탁드려도 될까요?"

"네, 뭐든지 말씀하세요."

도카는 부탁이라는 데도 오히려 반갑게 몸을 앞으로 빼며 다가갔다.

"가끔 제가 참을 수 없이 외롭고 누군가의 온기를 그리워하면 그때는 파티시에가 제게 달을 주시겠어요? 가게에서 처음 파티시에가 만든 달을 주셨던 때처럼요."

도카도 수줍게 대답했다.

"네. 언제든지요."

가타리베가 눈을 가늘게 접었다.

단정히 맞물렸던 입술이 활짝 벌어졌다.

"고마워요. 그동안 태양 빛에 너무 눈이 부시게 지냈거든요. 지금은 편안한 마음으로 부드러운 달빛을 느끼고 싶어요."

건물 사이로 보이는 밤하늘은 이미 상냥한 달님의 은은한 빛으로 물들어 있었다.

오늘도, 내일도 그리고 그다음 날도 달은 언제나 조용히 지구 옆에 있을 것이다.

"새 단장한 가게에는 달의 마법을 걸죠. 파티시에의 과자와 저의 스토리텔링으로!"

노래하듯 감미로운 목소리에 귀를 기울이는 도카의 손안에도 은빛을 머금은 분홍색 초승달이 있었다.

에필로그

"가타리베 씨, 도대체 언니한테 가게 일 말고 사적으로는 가깝게 지내고 싶지 않다고 한 이유가 뭐예요? 심지어 지금도 그 마음에는 변화가 없다고 다시 한번 확실히 못을 박으시던데요."

다이몬이 다녀가고 며칠 후 가게 문을 열기 15분 전이었다.

언니가 잠시 집에 올라가고 가게에 가타리베와 둘만 남았을 때다. 무기는 그 틈에 그에게 돌직구를 날렸다.

"들으셨군요?"

그가 쓴웃음을 지었다.

"들었냐고요? 당연하잖아요. 창문만 열면 바로 옆이니까요. 그러니까 다음부터는 좀 조심해 주셨으면 좋겠네요. 저도 곤란하다고요."

"제가 큰 실례를 저질렀네요. 앞으로는 주의하겠습니다."

가타리베는 언제나처럼 정중하고 신사답게 말했다. 하지만 저 속을 누가 알까.

"그래서요? 도대체 우리 언니한테 왜 그러시냐고요?"

은근슬쩍 넘어갈 생각은 하지도 말라며 입술을 삐죽 내민 무기는 그를 뚫어져라 바라봤다. 하지만 비장하기까지 했던 무기의 각오가 무색해질 만큼 그의 대답은 담백했다.

"말 그대로 불편해요. 사실 변신한 도카 씨가 그렇게까지 완벽한 제 이상형일 줄은 몰랐거든요. 제 착오였어요. 저도 난감했습니다."

'뭐야? 지금 이 말은?'

"제가 나름 여자 보는 눈이 꽤 높고 까다로운 편이거든요. 제 마음에 들어올 수 있는 구멍은 현미경으로 봐야 할 정도로 아주 작다고 해야 할까요? 그래서 현실에서는 그런 사람을 평생 만나지 못할 줄 알았어요. 그런데 그날 완벽한 이상형이 저를 향해 걸어오더군요."

'이 남자는 지금 자기가 무슨 말을 하고 있는지 알고 있는 건가?'

"하지만 앞으로 같이 일할 파트너에게 그런 감정을 품을 수는 없죠. 일에 지장이 생길 게 뻔하니까요. 게다가 도카 씨는 그렇게

나 아름다우면서도 남자들이 자기를 싫어한다고 생각하잖아요. 그런 사람이 제가 자기에게 반했다는 사실을 알면 아무래도 신경이 쓰일 테고, 결국 저를 좋아하게 되지 않을까요? 그럼 우리는 서로 사랑하는 사이가 되겠죠. 그건 곤란하지요."

무기는 이런 말을 하면서도 부끄러운 기색이라고는 손톱만큼 없는 가타리베를 물끄러미 바라봤다. 기가 막혔다.

"그럼, 전에 언니한테 서글서글하고 밝은 성격에 말도 잘하고 크게 웃는 발랄한 사람을 좋아한다고 했던 건 뭐예요?"

"물론 거짓말이죠."

명쾌한 대답이다.

"제 이상형은 고요한 분위기에 감수성이 풍부한 섬세하고 차분한 여성이거든요. 어딘지 보호 본능을 자극하는 그런 여자를 옆에서 목숨 걸고 지켜 주고 싶어요."

"딱, 우리 언니네요. 유감이네요. 전 말도 많고 촐랑거리는 타입이라 거슬리셨겠어요."

가타리베는 무기가 혼잣말처럼 작게 덧붙인 말을 슬쩍 넘기고 다시 목소리를 높였다.

"맞아요. 도카 씨는 외모뿐만 아니라 내면도 세상에 다시 없을 완벽한 제 이상형입니다."

그러고는 두 손에 얼굴을 묻고 한숨을 쉬었다.

"제 망상 속에만 존재한다고 생각했던 여성이 눈앞에서 수줍게 웃고 다정한 목소리로 말을 걸어요. 고개를 떨구고 주저주저하면서 뺨을 발그레하게 물들이고 있는데 안아줄 수도 없다니. 아, 이건 하늘이 제게 준 시련일까요?"

'뭐? 언니를 안고 싶어? 그런 생각을 했다고?'

무기의 뺨이 새빨갛게 달아올랐다.

"하지만 도카 씨는 제가 존경하는 마음으로 최선을 다해 보필해야 하는 분이죠. 저는 도카 씨에게도, 도카 씨가 만들어 내는 이야기에도 완전히 빠져 버렸습니다. 전부 세상 밖으로 끌어내서 제 입을 통해 더 빛나게 만들어 줄 거예요. 꼭 그렇게 할 겁니다."

다시 고개를 든 그의 눈빛은 여느 때보다 더 진지했다.

"저는 지금의 제가 좋아요."

그는 소박한 웃음이 섞인 부드러운 목소리로 말을 이었다.

"이곳은 제게 최고의 일터입니다. 아주 마음 편하게 숨 쉴 수 있는 곳이에요."

상쾌한 바람이 무기의 가슴에 숨을 불어넣는 듯했다.

'맞아. 달과 나에는 언제나 언니와 가타리베 씨 두 사람이 함께 있어야 해.'

언니가 그를 만나 달라졌듯이 그도 언니를 만나 새로 태어났는지도 모른다.

그들은 서로 곁에 없어서는 안 될 사람이다. 이보다 더 아름다운 사이가 있을까?

가타리베가 단정하게 갈무리한 표정으로 단호하게 말했다.

"그래서 지금은 도카 씨에게 제 마음을 들킬 수 없어요. 그러니까 사적으로는 적당히 거리를 둬야겠죠."

"하지만 자주 창문 가에 서서 언니랑 얘기하시잖아요."

"어디까지나 일 얘기예요."

"잠옷 차림으로 가운을 입고서요?"

"편한 옷으로 갈아입고 야근하는 거죠."

"일하는 중에도 종종 눈을 맞추고 바라보잖아요."

"직장 동료와 눈빛으로 소통하는 것뿐입니다."

가타리베는 어디까지나 일일 뿐이라고 우기며 마지막으로 확실하게 선을 그었다.

"저는 앞으로도 일터에서 도카 씨에게 제 마음을 드러내지 않을 겁니다. 그러니까 무기 양도 언니에게 괜한 말은 하지 말아 주세요. 혹시 도카 씨가 제게 마음을 빼앗겨 고백이라도 하면 저는 냉정하게 거절할 겁니다."

'이미 늦었거든요. 가타리베 씨.'

무기의 언니는 이미 선수처럼 보이는 숙맥 스토리텔러에게 푹 빠져 버렸으니 말이다.

그때 언니가 가게로 돌아왔다.

그녀는 가타리베에게 또 한 번 가깝게 지내고 싶지 않다는 말을 들은 이후로 요 며칠 어깨를 축 늘어뜨리고 다녔다. 그래도 가게에서는 등을 쭉 펴고 열심히 일에 전념했다.

도카의 그런 모습이 가타리베의 눈에는 더 사랑스럽게 보였다.

"가타리베 씨, 오늘 만들 빵 목록이에요. 오늘의 보름달은 크렘당쥬Crémet d'Anjou(레어치즈 케이크)고, 반달은 라임 베린느Verrine(컵 케이트), 초승달은 바바 오 럼Baba au Rhum(술에 절인 슈크림 빵)으로 하려고요."

"오늘은 날이 더워 컵케이크가 많이 나갈 것 같네요."

무기는 가만히 두 사람을 바라봤다.

언니와 이야기할 때의 그는 온화하고 자상하다. 그리고 그의 말에 귀 기울이는 언니도 행복해 보인다.

'달과 나'의 아름다운 파티시에와 스토리텔러는 연인이 아니다. 하지만 연인 말고 두 사람을 달리 뭐라고 설명할 수 있을까?

도카가 서둘러 주방으로 들어가자 연미복을 차려입은 가타리베가 낭랑한 목소리로 외쳤다.

"자, 그럼, 오늘도 손님을 맞아 볼까요?"

레이지의 일기

×월 ×일

아무래도 내 전략은 실패한 것 같다.

내가 성인이 될 때까지 도카 누나에게 다른 남자들이 접근하지 못하도록 갖은 방법을 동원해 누나의 자존감을 꺾어 왔는데, 일이 이렇게 꼬일 줄이야. 이게 다 갑자기 툭 튀어나온 그 수상한 집사 녀석 때문이다. 이제 주변 사람들은 물론 누나까지도 자신이 얼마나 매력적인 사람인지 알아 버렸다.

나는 예전부터 알고 있었다. 누나가 원래 보기 드문 미인이어서 조금만 꾸며도 세련된 스타일이라는 걸…. 하지만 그건 이 세상에서 나만 알면 되는 사실이었다.

그런데 기분 나쁜 그 집사 녀석이 쓸데없는 짓을 한 탓에 결국 소마랑 애들까지 누나를 보고 예쁘다, 연예인 같다며 호들갑을 떨었다. 그래도 거기까지면 참으려고 했는데….

제길! 그 몹쓸 집사 놈이 케이크에 독을 넣었다는 말로 나를 궁지에

몰아넣고 확실하게 확인 사살까지 했다.

그 자식이 나한테서 누나를 지키려는 것처럼 누나를 등 뒤에 숨기

고 뻔뻔하게 웃었다. 선전 포고라도 하듯이 내 눈을 똑바로 응시하

면서.

'이제 나의 파티시에에게 아무 짓도 할 수 없어!'

또렷하고 깊게 울리는 그 자식의 목소리가 머릿속에 직접 새겨지

는 것 같았다.

생각할수록 화가 치밀어 참을 수가 없다.

그 자식이 낮에 주방에서, 영업이 끝낸 가게에서 누나랑 둘이 꽁냥

거리는 모습이 생생하게 그려진다. 집에서 일기를 쓰는 지금도 샤

프를 벽에 집어 던지고 미친놈처럼 날뛰고 싶다.

게다가 뭐? 이 여우 같은 놈이 옆집에 산다고?

베란다와 창문을 사이에 두고 얘기를 나눠?

확실하다. 그 자식은 누나를 노리고 있다!

×월 ×일

"네가 가타리베 씨보다 언니에게 도움이 되고, 가타리베 씨보다 훨

씬 더 언니에게 다정한 사람이 되면 언니도 너를 좋아할지 모르지."

무기가 그렇게 말했다.

도카 누나가 만든 후추 비스퀴(알싸한 맛이 최고다)를 먹으면서 들었던 그 말은 정말일까?

오늘 가타리베가 누나에게 사적으로는 가깝게 지내고 싶지 않다고 했단다.

누나는 가타리베가 좋아하는 스타일이 아니라고. 누가 봐도 누나를 바라보는 눈에 호감과 흑심이 가득한데 말이다.

하지만 그 자식이 정말 그렇게 말했다면 누나 성격상 그가 자기를 싫어한다고 우울해할 게 뻔하다.

그러니 이건 절호의 찬스다.

당장 가게로 가서 누나에게 다정한 모습을 보여 줘야 했다.

그래서 무기를 재촉했는데 누나는 영업 중에 줄곧 주방에서 과자를 만드느라 바쁘고 가게에는 가타리베 씨도 있다면서 말렸다.

맞는 말이다. 그 기분 나쁜 집사 녀석이 또 방해할 테니까.

×월 ×일

가게 쉬는 날을 노려 누나 집에 찾아갔다.

집에 너무 많아서 엄마가 가져다드리라고 했다는 핑계로 건어물 세트를 들고서.

그럴싸해 보이는 과일을 가져가고 싶었지만 어쩔 수 없었다.

다정하게, 다정하게, 다정하게.

마음속으로 다짐하고 또 다짐하면서 가게 옆에 바깥으로 난 계단
을 올라 2층 누나 집의 벨을 눌렀다. 무기가 치어리더 연습으로 아
직 학교에 있을 테니 누나 혼자 집에 있을 시간이었다.

예상대로 누나가 나왔다.

안경을 쓰고 머리는 풀어 내린 모습으로.

까맣고 착 가라앉아 있던 누나의 머리는 이제 옅은 갈색이다. 누나
의 작고 하얀 얼굴을 감싸고 물결치듯 나풀거린다. 안경을 벗은 누
나도 숨 막히게 예뻤지만, 안경을 쓰고 있어도 역시나 눈부시게 예
쁘다. 왠지 마음이 놓였다.

하지만 누나는 나를 보자마자 작은 어깨를 움츠리며 긴장했다. 내
가 또 잔인한 말을 던지지 않을까 경계라도 하듯이. 금세 눈동자가
촉촉해지고 눈꼬리가 힘없이 내려갔다. 겁을 먹고 무서워하는 누
나를 보니 심장이 쿡 쑤셨다. 동시에 기어이 울리고 싶은 충동도 솟
구쳤다. 하지만 이제 나는 예전의 레이지가 아니다!

가타리베보다 더 다정해지기로 마음먹었으니까.

엄마 심부름으로 왔다고 말하며 건어물 세트를 내밀었다.

머뭇거리던 누나가 조심스럽게 받아 들었다.

이때다 싶어 지난번에 사 간 구움과자를 식구들이 다 맛있게 먹었
다고 전하면서 나도 너무 맛있어서 손이 멈추질 않았다고 말했다.

처음에는 눈만 동그랗게 뜨고 있던 누나가 점점 발그레하게 뺨을

236

붉히며 해맑게 미소 지었다.

심장이 터질 듯이 뛰었다.

하… 그 표정.

너무 너무 예뻤다. 말도 안 되게 아름다웠다.

누나에게 상냥하게 굴면 그렇게 예쁜 얼굴을 또 볼 수 있는 건가?

나는 왜 바보같이 여태 심술만 부렸을까?

누나가 기뻐하는 얼굴을 더 보고 싶다. 계속… 계속해서 누나가 더 많이 웃었으면 좋겠다.

물론 나한테만.

아무튼 그 순간은 머릿속이 하얗게 지워지면서 아무 말도 떠오르지 않았다. 그렇게 넋을 놓고 그 천사 같은 얼굴만 뚫어져라 바라봤더니 누나의 표정이 다시 어두워졌다.

아직도 날 무서워하는 건가? 순간 그런 생각이 스쳤다.

어서 누나를 안심시킬 말을 해야 하는데 무슨 말을 해야 할지 떠오르지 않았다.

바꾼 헤어스타일 정말 잘 어울려. 누나 정말 예쁘다.

고작 그런 말밖에 떠오르지 않았다. 하지만 그런 뻔한 말을 할 수는 없었다. 누나가 이미지 변신에 성공해서 예뻐지니까 손바닥 뒤집듯이 태도를 바꿔서 잘 보이려고 하는 것처럼 보일 테니까.

맹세코 그렇지 않다.

아주 아주 오래전부터 누나는 내게 세상에서 가장 아름다운 사람이었다.

어떻게 해야 누나가 내 마음을 알아 줄까.

뺨에도, 이마에도 점점 열이 올랐다. 붉게 달아오른 얼굴을 누나에게 보이기 싫어서 급히 고개를 숙였을 때였다.

"아, 레이지 군이었군요."

가타리베가 집 안에서 태연하게 걸어 나왔다. 무언가에 뒤통수를 후려 맞은 기분이었다.

네가 왜 거기서 나오냐고 따지고 싶었다. 심지어 연미복도 아니고 편한 셔츠와 슬랙스 차림에 앞머리를 내린 모습이었다.

마치 자기 집에서 편히 쉬고 있는 사람처럼.

잠깐만, 그럼 내가 오기 전까지 둘이 뭐 하고 있었던 거야? 성인 남녀가 단둘이 있을 때 하는 뭐 그런 거?

설마! 아니야, 절대 아니야!

그때 누나가 "레이지 어머니께서 이걸 보내셨어요."라며 내가 가져온 건어물을 보여 주었다. 그 자식이 "감사하네요."라며 고개를 끄덕이자 누나가 "저녁에 구워 먹어야겠어요. 말린 전갱이는 양하랑 오이를 넣어서 냉국을 만들면 어떨까요?"라고 물었다.

꼭 신혼부부라도 되는 것처럼!

아주, 아주… 굉장히 참을 수 없이 불쾌했다. 결국 그만 가 보겠다고 말하고 그대로 돌아 나올 수밖에 없었다.

아, 제길! 누나에게 다정한 모습을 보여 줄 기회였는데!

그 자식이 나타나기 전까지 분위기도 좋았는데!

으아악! 이런 빌어먹을!

밖으로 나와서 있는 힘껏 땅을 차다가 앞으로 고꾸라질 뻔했다.

가타리베랑 누나가 사적으로는 절대 가깝게 지내지 않는다고? 무기 녀석 제대로 아는 거 맞아? 가깝잖아. 가게도 아니고 집에 같이 있을 만큼!

역시 그냥 두면 안 되겠다!

반드시 쫓아내고 말 테다!

제길, 짜증이 나서 집에 오자마자 무의식중에 계속 후추 비스퀴를 입속에 던져 넣었더니 목이 깔깔하다. 입안도 얼얼하고.

노무라 미즈키 장편 소설

이야기를 파는 양과자점 달과 나

① 달콤상큼 한 스푼의 마법

펴낸날 2025년 2월 5일 1판 1쇄

지은이 노무라 미즈키
옮긴이 이은혜
표지 그림 오미소
펴낸이 이종일
디자인 바이텍스트

펴낸곳 알토북스
출판등록 1978년 5월 15일(제13-19호)
주소 경기도 고양시 덕양구 청초로 10 GL메트로시티한강 A동 A1-1924호
전화 (02)719-1424
팩스 (02)719-1404
이메일 genie3261@naver.com

ISBN 979-11-988539-7-4 (04830)
        979-11-988539-6-7 (세트)

* 파본은 구입한 서점에서 교환해 드립니다.
* 책값은 뒤표지에 있습니다.